ジオノ作品の舞台を訪ねて

山本 省

彩流社

目次

序　ジャン・ジオノの南仏オート＝プロヴァンス

ジャン・ジオノ（一八九五―一九七〇）は生涯にわたってアルプ＝ドゥ＝オート＝プロヴァンス県（以下、オート＝プロヴァンスと略する）マノスクで暮らした。マノスクはオート＝プロヴァンス県の最南端に位置しているので、このあたりをプロヴァンスと称することもあるが、地中海岸のマルセイユや地中海から近いアルルのようなプロヴァンスとは大きく異なっているということをまず指摘しておきたい。要するに、地中海からかなり離れている（直線距離にして約百キロほど北に位置する）ので、気候がかなり厳しいのがオート＝プロヴァンスの特徴である。冬の最低気温や夏の最高気温や湿度、さらに晴れの日が多いなど、私が住んでいる信州の松本（標高約六百メートル）ときわめて似た気候だと言うことができる。

オート＝プロヴァンス県の県庁はディーニュ＝レ＝バン（人口約一万七千人）にある。マノスクは県内最大の町（人口は約二万人、標高三八五メートル）で、数年前に設置された国際学校にさまざまな国籍の若者たちが通学するようになったりして、最近では活気のある町といった印象を受ける。観光地としてはそれほど見るべきものがあるわけではないマノスクは、ジオノで持っている町だと極限できるかもしれない。

この地方をジオノがどのように把握していたかということをまず見てみよう。ジオノは自分が先祖代々プロヴァンスに暮らしているような生粋のプロヴァンス人ではないと断ってから、それでもやはりプロヴァンスが気に入っていると述べている。ジャン・カリエールとの対話から引用してみる。

ジオノ　私はこの地方が気に入っています……。私がこの地方を愛しているのは、これは自分には合わない女だ、自分の好みの女ではないということを最終的には理解しながら、スワンがオデット[スワンとオデットはともに、プルースト『失われた時を求めて』の「スワンの恋」の登場人物]を愛していたのと同じです。つまり、プロヴァンスは私の好みの土地ではないのです。かりに自分が住みたいと思うような土地に住むことができるのなら、私はもっと雨が降る地方を選ぶでしょう。自分が好きな土地に住むことが可能なら、私ならスコットランドに住むでしょう。私はスコットランドが気に入っているのです。あそこには神秘的な要素があるし、雨が降るし、霧が出るし、未開拓の広大な土地が広がっているし、人口はきわめて少ないし、壮大な砂漠があるからです。

しかし、私はこの地方が気に入っているのです。この地方の匂いが好きだし、この地方の人びとの生き方を好ましいものだと思っています。プロヴァンス語擁護論者たちが好んでいる以上にこの地方が好きなのです。むしろ好きすぎるのかも知れません。もちろん、プロヴァンスへの愛情で彼らにひけをとるなどということはありません。お分かりでしょうか？　私はみんなにばかげたプロヴァンス人像をでっちあげてほしくないのです。法螺吹きで、ペタンク好きで、パスチス愛飲家というプロヴァンス人はたしかに存在します。しかし、そういう人間は少数派なのです。そういう人物像をあまり強調してほしくありません。注目すべきはもっと別の人物像です。もっとラテン的で、もっと人間的で、もっと謎めいたプロヴァンス人なのです。そういう人物はバス＝プロヴァンスよりオート＝プロヴァンスにはるかに多くいるということを私は知っていますが、バス＝プロヴァンスでも、そうした人物はやはり見かけられます。彼らは見かけよりずっと頑健です。私が大嫌いで、じっさいには存在しない人物、それはタラスコンのタルタランです。タラスコンのタルタランなんて実在していません！　あれはパリの人間[1]がプロヴァンスについて書いた本のなかで出てくる。あんなものはプロヴァンスの人間が書いた本とは言えません。プロヴァンス人なら、自分の故郷をもっと高尚に解釈し、もっと正当に解釈する必要があります。そして、プロヴァンスをはるかに正当に評価するようになれば、プロヴァンスは高尚なのだという解釈が生まれてくることになるのです。[2]

「法螺吹きで、ペタンク好きで、パスチス愛飲家」という陳腐なプロヴァンス人像は断固として拒絶したいとジオノは述べている。ジオノはドーデの文学を認めていなかった。ドーデはプロヴァンスで生まれたかもしれないが、長年のパリ生活で、プロヴァンスのことなどほとんど何も分かっていない。そういう人物が書いた作品が人々に珍重されているのをジオノは苦々しく感じているのである。マルセイユ近くのオーバーニュで生まれ、数々の庶民的な映画[3]を製作したり、自伝的な作品[4]を発表したマルセル・パニョルは、ジオノの作品に興味を抱き、四つの作品を翻案し、映画化した[5]。しかしマルセル・パニョルの作品の雰囲気もまた、ジオノには到底受け入れがたいものであった。

なお、ジャン・カリエールとの対話(一九六五年)はラジオ(フランス・キュルチュール)で放送された。CD[6](二枚組)が販売されており、私は幸いなことにそのCDを入手することができた。車のなかで何度も繰り返して聞いたので、かなりの部分を記憶している。対話の季節は夏だったので、蝉の鳴き声もかすかに聞こえてくる。

人生の出発点にあって途方に暮れていたカリエールを話し合いによって人生の目標(作家活動)を発見するよう導いたことがあるジオノに対するカリエールの信頼は篤く、両者のあいだには師弟関係のようなものが感じられる。すでにひとかどの作家に成長しているカリエールではあるが、ジオノが師匠であることに変わりはないという雰囲気が、この対話から伝わってくる。

プロヴァンス各地を訪問するとすぐさま分かることだが、この地方には山火事が多い。高速道路を走っていると、しばしば火事で焼けてしまった森林に遭遇する。焼けたばかりのものから、三、四年経っているもの、十年ほど経過して森林が回復しつつあるものなど、日本とは比較にならないくらい、驚くほどたくさんの焼け跡が見られる。

とりわけ夏の山火事が恐れられている。八月に雨が一滴も降らないということもあるからだ。空気は乾燥しきっている。マルセイユ空港から三十分おきに監視のための飛行機が飛び立つし、森林のなかには随所に水の入った巨大なタンクが設置されている。消火用である。火事が発生したら、十分以内に消火に着手すべきだとこの地方の住民の多くは言う。それを怠ると火の手はまたたく間に広がってしまう。立ち入りが禁止されている観光地がある。自然が破壊されるからだろうと私は思ったが、それよりもむしろ観光客の煙草などの不始末に起因する山火事を未然に防ぐためだということが分かってきた。火事が発生しやすい午後だけを入場禁止にする観光地もある。

太陽は必要だが、年間六百ミリ程度の降水量のプロヴァンスでは、むしろ雨が必要なのである。東京や大阪や京都など、町の中央に大きな川が流れている都会に慣れている私たちは、雨があまり降らない土地を想像しにくい。マルセイユやニースのように川らしい川がほとんどないプロヴァンスの水事情に接することによって、はじめてプロヴァンスにおける水の意義を理解できる。ジオノが「もっと雨が降る地方」が好ましいと言う理由が分かってくる。信州とおなじく、この地方では晴天の日が多いのである。多すぎると言うべきであろう。

本書の意図を説明しておきたい。マノスクからほとんど動くことがなかったジオノは、この地方のさまざまな土地を作品のなかで登場させている。そうした土地と関わりのあるジオノの文章を紹介していきたい。紹介する作品の特徴を述べその魅力にも触れてみたい。ついで、私が実際に各地を訪れたときの体験を語っていくことにする。さらに、そうした町や村や河などを視覚的に把握していただくために、それぞれの場所で私が撮影した写真を紹介しよう。読者の方には、ジオノの既訳書をひもといていただけたら幸いである。

第一章　マノスク

　ジオノは少年時代をリュ・グランド十四番地の家で過ごした。生まれたのはその向かいの家である。その家の壁にはジオノを記念するプレートが嵌めこまれていた。そこにはこう書かれていた。「この家で、一八九五年三月三十日、文学者ジャン・ジオノは生まれた。小説創造の魔術によって、彼は故郷の町に名誉を与え、この町で一九七〇年十月九日に亡くなった。」

　数年前からプレートが取り換えられている。自転車の輪を持った少年ジャンの写真が掲載されている新しいプレートにはこう記されている。「ジャン・ジオノが生まれて幼少期を過ごした家。ジャン・ジオノが幼年期から一九二〇年の結婚にいたるまで青少年期のすべてを過ごしたのはリュ・グランド十四番地にある向かいの家においてである。一階には洗濯業を営んでいた母親の仕事場があり、四階には靴職人だった父親の仕事場があった。ジャン・ジオノは多くの作品のなかで愛情をこめて子供時代の家を描写している。」このあとに英訳が続く。

そして左側にこの家を描写した文章の一例が引用されている。「父と母と私の三人で暮らしていた私たちには、必要な空間が存分にあった。二十以上の部屋があった巨大な家（リュ・グランド十四番地）は、部屋のなかを馬が通れるほどだった。天井は夜よりも高かった。私たちは大気のように自由だった。ああ！　もちろんのことだが、それは惨めな家だった。床板はまるで船のデッキのように揺れるのだった。（……）屋根はまるで笊のように穴があいてしまっていた。私のベッドに雨が降ってくるのだった。(7)」

じつはこの省略されているところに、原文では何故屋根が笊のようになってしまったかということが書かれているのである。「しかしながら、床板は一九〇九年の地震に決然と立ち向かっていた。ローニュ、ランベスク、サン＝カナといったトレヴァレーズ地方のすべての町や村がその地震のせいでもろくも崩壊してしまった。」この部分が省略されているので、ジオノ家は普段から雨漏りがし、床板がぐらぐらと揺れている、きわめて脆弱な家だというような間違った印象を与えてしまうであろう。

この地震のことは、ジオノが発表した最初の物語『丘』でも言及されている。「生命があるのだろうか？　もちろん、そうだ！　何故なら、この大地は動くからな。十年前には、大地が揺れ動いた。南の方で、エクスのあたりで、ランベスクや他の村がいくつか崩れ落ちた。あの時、マノスクの鐘は鐘楼の上でひとりでに鳴り響いたのだった。(8)」大地が動くかもしれないということは、『丘』の重要なテーマである。

ジオノの家の庭

母親が洗濯業を営み、父親が靴職人として働いていた自宅の様子は『ジャン・ル・ブルー』では次のように描写されている。

私たちの家はすっかり二重構造になっていた。そこには二つの声と二つの顔があった。一階は母のアイロンかけの仕事場だった。白い布が積み重ねられている大きなテーブル。母は小鳥のように歌っていた。「サクランボの実る頃」、「金色の小麦」、「苦しみは激しい」、「黒いストッキング」、「フル・フル」。第一のルイーザは三度音程で歌った。アントニーヌは男のように口笛を吹いた。第二のルイーザは頭を揺り動かして拍子をとった。大きな籠を持って下着の配達に出かけていく小柄な見習いの娘さんも二人いた。[中略]

ひとつのドアが廊下に通じていた。店に接している通りの物音は廊下からでも聞こえたが、廊下を数歩進むとまるで別世界のなかに入りこんでしまうのだった。

家の顔は、そこでは陰と沈黙だった。一段下りると、中庭に出た。真冬になると、夕闇が朝から夕べまで中庭の奥底に居残っていた。夏には、正午頃になるとやっと一滴の陽光が雀蜂のように中庭に降りたち、やがてそれも飛び立っていった。

私は四時になると学校から帰ってきた。私は小さな学校の生徒だった。私たちの学校はその当時町では厄介者扱いされていた。町当局はその学校を町の外の、いくつかの丘がある方角の麦打ち場へと追いやっていた。

母のところは快適だった。みんなは歌っていた。アントニーヌは李《すもも》の匂いがした。第一のルイーザはヴァニラの匂いだった。第二のルイーザはベルランゴ［ミントなどの入ったボンボン］を食べていた。

「父さんのところに行きなさい」と母は言った。

中庭は、その時刻では、いつでも暗かった。隣の肉屋では、機械が豚肉を絶えずかみ砕いていた。壁の向こう側からその機械が唸りしゃっくりする物音が聞こえてきた。階段は広くて平らだったので、馬に乗って通れるほどだった。家主は二階まで馬であがっていけると言っていた。頭巾の下で目を丸くし、そのあとすぐに両手を組み合わせて、彼女はそう言うのだった。

［中略］

私は階段をあがる。そして暗闇のなかで足が砂岩の踏み段に出会うたびに、脱走してきた白い蟇蛙に触れるのではないか、あるいは腐った杏《あんず》のような蛇のすっかり熱くなった心臓を踏んづけて滑るのではないか、とおびえていた。

あの夜家に入ってきた男は、あのあとではみんなの前に出てくることはなかった。二週間のあいだ、彼のために食事が上に運ばれていた。

彼はいまでは父の仕事台の向こう側で、膝に肱をあて、頭をかしげ、丈の高い銅製のランプに明るく照らされていた。そして紙巻き煙草を巻いていた。

「いや、あんたには革命の精神はないが、正義の精神はある。それだけのことだよ」と父は言った、

「バクーニンは読んだかい?」と男は言う。

父は頭を動かして金具のついた大きなトランクを指し示した。それは部屋の片隅を占領していた。

「あのなかに入っている(9)」

マノスクの労働者階級の人たちが暮らしている界隈に足を踏み入れると、例えば昼時だと食事している音が聞こえてくるし、住人たちが明るく談笑している様子が手に取るように伝わってくる。多くの家は、例えば夏だと入口にはすだれのようなもので仕切られているだけで、家の中の様子が通行人にうかがえるのである。

サロン=ドゥ=プロヴァンスからディーニュに護送されている途中に、隙を見て逃走してきた

という無政府主義者を父親はかくまっていた。後年ユダヤ人たちを自宅や農場に受け入れてやることになるジオノの姿を、『ジャン・ル・ブルー』のなかの父親に認めることができる。一か月後、無政府主義者はスイスに向けて出発していく。疑われないようにと、ジャン坊やも一緒に夜の散歩に出かける様子は次のように描写されている。マノスクの下町が克明に描かれている。

私たちは馬小屋がいくつかある小さな通りへと曲がっていった。馬が鼻を鳴らし足で地面を叩いていた。雌山羊は鎖を引っ張っていた。子羊は乳房を欲しがっていた。暗闇に坐っている猫が、二つの赤茶色の星で私たちを見つめていた。町のなかにはもう私たちの足音の他に聞こえるものは何もなかった。私たちは農民たちが住んでいる界隈を横切っていた。道路の敷石の上には平原から運ばれてきた泥があった。大きな土塊となった丘の土が乾いていた。エニシダの柴の束が壁際でしなびていた。それはすでに茸の匂いを発散していた。馬小屋の戸口に筒切りにされた無花果《いちじく》の幹が置かれていた。ロバが呻いていた。犬が私たちの通りすぎるのを見つめた。その犬が頭をもたげると、首輪の音が聞こえた。数珠つなぎになった大蒜《にんにく》が、いくつかの玄関の庇の下でかさかさと音をたてた。ある建物の一階の窓だけに明かりが灯っていた。私は通りすがりに中を見た。ベッドの近くに立った女が、煎じ茶のお椀をスプーンでかき混ぜていた。

町のなかには私たちの足音しかなかった。私たちは大通りの方へ、そして田園の方へ、さら

ジオノ協会本部

に木々の茂みの方へ進んでいった。男は父の大きな歩幅と同じく安定した歩調で歩いていた。(10)

このあと無政府主義者はスイスに向かって旅立っていく。父親彼と父親との最後の会話は次のように書かれている。父親が看護士になりたいと言っているのは、彼が日頃から病人や負傷者たちを看護することに慣れていたからである。靴職人を父親に持っていたジオノは、手仕事に従事する労働者を自分の時間を自由にできる人間として高く評価していた。作家という職業も一種の職人だと考えていたのであった。

「同志よ、俺たちプロレタリア、労働者、農民は頑丈な手首を所有している。俺たちが空にある栗の木を揺り動かすんだよ、そうしたら星々が刺《とげ》をすべてつけたまま栗の実のように大地に落ちてくるだろう」

「血が出るだろうな」と父は言った。

「腐っているからな」

「私は看護士になりたいよ。診療室に入れてほしいな」と父は言った。

「診療室なんてもうないだろうな、同志。審判のあとでは負傷者もいないだろう。二度目の大洪水になるだろうから」

彼はしばらくじっとして夜の大気を吸いこんだ。

「さようなら」彼は言った。

「何だって?」父は言った。

「俺は出発しなければならない。今、俺たちのまわりのあらゆる物音を聞いて、そうしようと決意したところだ」

「今晩?」

「今晩だ」

「出発は明後日だと相談したじゃないか。ここからスイスは遠い。あんたには食べ物が必要だ。それに金もいる」

「今持っているだけくれないか」

父が手探りしているのが聞こえてきた。

「三十五スーだ。ジャン、お金は持っているかい?」

私は探した。

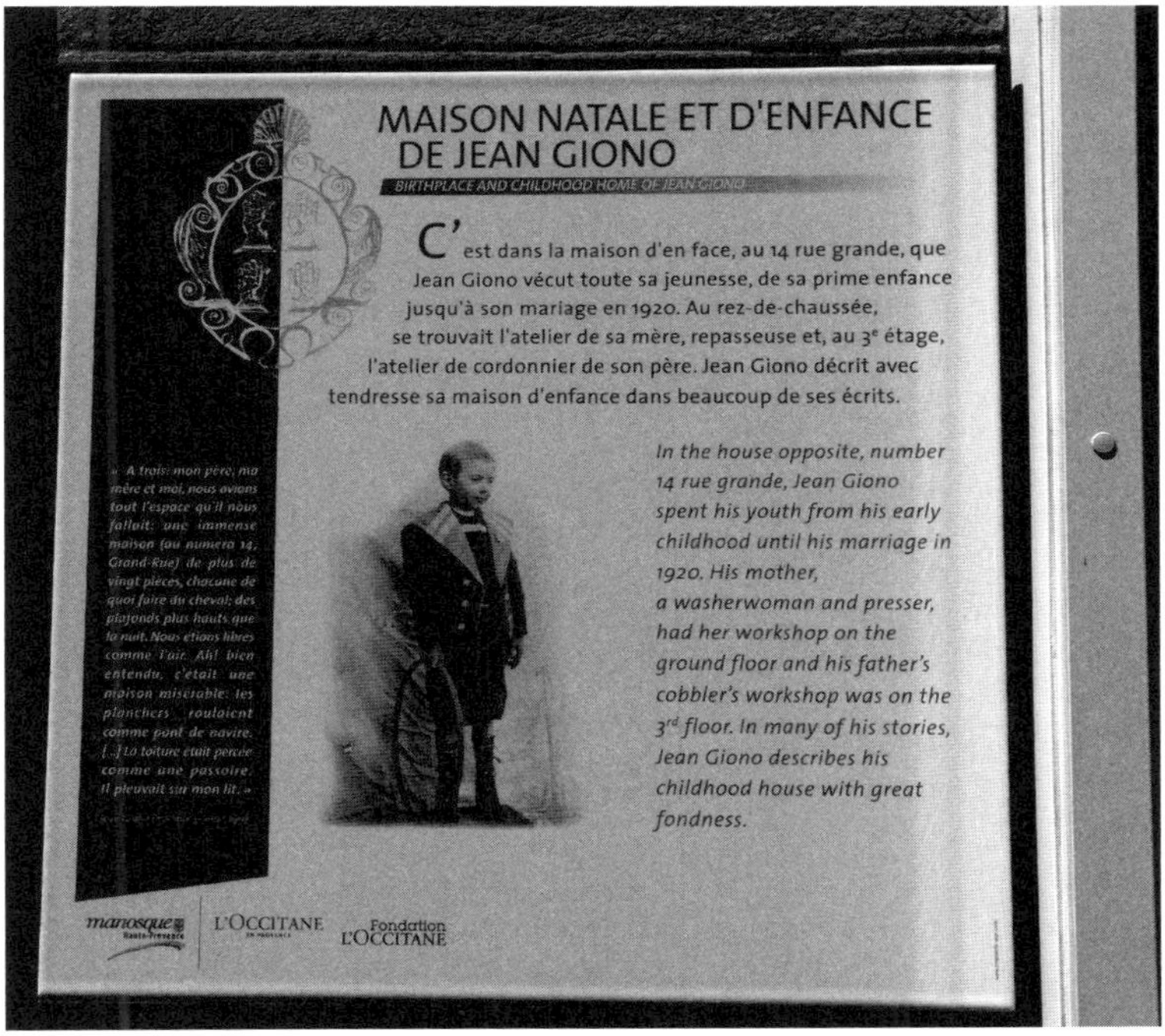

ジオノが生まれ幼少期を過ごした家の標識

「四スーあるよ、パパ」

「これが今持っているすべてだ。家に戻ってくれれば、あんたのために包みを用意してあるんだが」

「自由だ」と男は言った。「自由だよ。友もなく、鎖もなく、感謝もない。アダムのようにすっ裸だ」

彼はそれ以上は何も言わなかった。ついで、彼が大股で柔らかい大地の上を足早に歩いていく音が聞こえた(11)。

マノスクの町は中心部を環状道路が取り巻いている。現代では車は左回りの一方通行(二車線)である。その中心部分を大通り(ブールヴァール)が取り巻いている。その大通りには、昔は楡《にれ》の大木が植わっていたらしい。

大通りは、かつて楡の木々に飾りたてられていた。そこかしこに、木々の葉叢を通して家々の古くたるんだ皮膚や、さらに気がかりな血膿までよく見えた。しかし、それは樹木の向こう、鳥たちの向こうのことだった……。ああ！　鳥たちもいたのだった。さて、私は鳥たちのことを考えている。夏の夜、この楡の茂みは二羽のフクロウを住まわせていた。そのフクロウは私たちの心臓の血液のすべてを共振させるような歌をトレモロで奏でたものだ。十六歳の私の恋の悩みをフクロウが慰めてくれたのであった。

そうした楡の木々も伐採されてしまった。大通りにはもう樹木が見当たらない。黄色く汚くなってしまった大通りは、工場の腫瘍に汚染されている。その腫瘍から重々しい毒気や水分が染みでてくる。

私たちの土地は端から端までまるで芝刈り機で刈り取られたように、つるつるにされてしまった。この土地は永久に強制的な作業を続けるよう宿命づけられている。(12)

このマノスクを、出版の契約などのためにパリを訪れるようになるにつれて、ジオノはいよいよ大好きになっていく様子がうかがえる。大都会と比べることによって、地方都市の住み心地の良さが実感できるからである。

マノスクの表玄関、ソヌリ門

私はパリから帰ってきた。昨日の夜、小道が私にすり寄ってきた。湿った草が踝に触れるのが感じられた。葉を落としたキイチゴが私の外套を引っ張った。私は我が家のドアを押し開けた。雑種の犬が、空気が鳴り響くほど大きく舌を鳴らして、私の顔に飛びついてきた。猫が私の肩に飛び乗った。私の猫だ！それは私の新しい猫なのだ！オレンジ色と黒の混じった奇妙な小さな動物、木の枝のような手足を持っている猫。それは、丘を歩いていた私の前に、地上の種々雑多な物体の彼方から、数々の樹木の枝のあいだを通りすぎ、一か月前に現れた野生の猫である。

美しい満月が出ていた。満月のすべては私のものである(13)。

一九一一年十月二十八日、父親の健康状態の悪化と家計の不安定のため、ジオノは高校を退学し、マノスクの銀行で働きはじめる。一九一四年一月、第一次大戦に従軍する。ブリアンソンの部隊に二等兵として編入される。一九一九年十月に動員解除されるまで、激戦地を転戦する。「私たちは、レ・ゼパルジュやヴェルダンで戦ったし、ニヨンを奪還したし、サン＝カンタンの包囲もやってのけた。ソムではイギリス兵たちと共同で戦った。つまりソム以外ではイギリス兵の援助なしで戦ったわけである。ル・シュマン・デ・ダームではニヴェルの白昼戦という激戦を戦い抜いてきた。まさしく魔法の神々を彷彿させる獅子奮迅の働きだった[14]！」

一九一八年五月には毒ガスを浴び入院する。顔を焼かれたが、幸いなことに肺は無事だった。一九二〇年六月二十二日にエリーズ・モランと結婚し、アヴニュ・ドゥ・ラ・ガールで数か月暮らしたあと、リュ・グランド八番地に落ち着く。一九二八年復活祭の頃、ブルヴァール・ドゥ・ラ・プレーヌ一番地の、銀行から提供されたアパルトマンに転居する。一九二九年十二月、銀行を退職し文筆で生計を立てようと決心する。一九三〇年、モン・ドールの斜面(麓)に位置している〈ル・パライス〉に家を購入する。この家をジオノは次のように形容している。「小さな、とても小さな家です。棕櫚、柿、池、二百本の葡萄、桃、杏、月桂樹、テラスがあります[15]。」

最初は小さかった家をジオノは建て増しして住みやすくしていくとともに、隣接する土地を購入していった。二〇一六年、ジオノの家はマノスク市に売却された。しかし、蔵書をはじめジオノの原稿やさまざまな書類や絵画などはジオノ協会が購入することになった。そのための式典が六月

ジャン・ジオノ・センター

二十日にジオノの家の庭園で行われた。ちなみに家と土地の価格は六三四、〇〇〇ユーロ、蔵書の価格は二〇〇、〇〇〇ユーロである。約八千冊の蔵書には、ジオノ自身の書き込みがある本も多い。『源氏物語』(紫式部)、『枕草子』(清少納言)、『徒然草』(吉田兼好)、『雨月物語』(上田秋成)、『瘋癲老人日記』(谷崎潤一郎)、『心』(夏目漱石)、『羅生門他』(芥川龍之介)など、かなりの数の日本文学も含まれている。

かつてビュフェを伴ってジオノを一九五〇年に訪問してきたピエール・ベルジェ氏がここ数年来ジオノ協会の名誉会員の一番上に名前を連ねるようになっている。その彼は今回の蔵書購入に際して多額の資金を提供したとある友人から私は聞いた。ビュフェの支援者として活躍したベルジェ氏は、ビュフェがアナベルと結婚したあとは、イヴ・サン＝ロランを支えるなど、フランス文化の擁護者として多大の貢献をしてきている人物である。

ジオノは一九七〇年の秋に亡くなったが、生前から準備されていたプレイヤッド版の「ジャン・ジオノ小説全集」の第一巻が刊行されたのは一九七一年で、最終巻(第六巻)が一九八三年に刊行されるまで、順調に巻を重ねていった。さらに、同じくプレイヤッド版で「物語とエッセー」(一九八九年)と「日記、詩、エッセー」(一九九五年)が追加されている。

ジオノ協会(正確には「ジャン・ジオノ友の会」)もジオノの死後間もなく結成された。「会報」(Bulletin)第一号が一九七三年春に刊行されている。二〇〇六年にいたるまで年二回ずつ、合計六十六冊刊行されてきた。二〇〇七年から「ルヴュ・ジオノ」(Revue Giono)と名前を改め、年一回の出版となった。それに伴い「ルヴュ・ジオノ」は大幅に頁数を拡大した。例えば第一巻(二〇〇七年)は二六四頁、第八巻(二〇一四—二〇一五年)は三四四頁である。「会報」も「ルヴュ・ジオノ」も一貫して、ジオノの未発表作品やさまざまな研究の成果、会員の動向、他言語への翻訳や博士論文の紹介などを掲載している。作家として自立するのと同時に住み始めた家にジオノはずっと暮らしていたので、資料はあたう限り完全な状態で保存されている。だから未発表原稿は続々と出てくる。

またジオノ評価は年とともに高まり、研究成果としての本が出版されていくのはもちろんのこと、各種論考もあちこちで発表されている。大学などの研究機関での研究論文の対象にジオノを選ぶ若い研究者も輩出している。

マノスクの市場

ジオノが生涯を過ごしたマノスク、そしてマノスク周辺には、作家、画家、陶芸家、写真家など多くの芸術家や職人たちが居住している。すべてがジオノのおかげだとは言えないだろうが、ジオノの存在が色濃く反映しているのは否定できない。

マノスクの中心地にあるサントル・ジャン・ジオノ(ジャン・ジオノ・センター)では、常設展の他に新たなテーマのもとに次々とユニークな展示が行われている。その成果は順次本になって刊行されていく。行動する文学館の好例だと私は高く評価している。

マノスクの背後に聳えている象徴的な丘「モン・ドール」(黄金山)の麓にジオノの家は位置している。その家の一階部分にジオノ協会の本部が置かれており、金曜の午後、地元の識者が訪問者に無料で案内役を務めている。

そして年に一度、八月のはじめにジオノ協会の集まり(学会と言うほど物々しい集まりではないが、世間的に言えばジオノ学会[16])が行われる。ジオノ唯一の自伝的物語『ジャン・ル・ブルー[17]』(一九三二年)のタイトルをつけている劇場「テアトル・ジャン・ル・ブルー」を主会場にして、その他マノスク市内のさまざまな場所が催し物に利用されることによって、マノスク全体がジオノを核にしてお祭りのような賑わいに包まれる。

「テアトル・ジャン・ル・ブルー」については上で触れたが、この他にもジオノやジオノ作品がしばしば用いられている。南からマノスクの中心街に近づいていくと「アヴニュ・ジャン・ジオノ」を経て旧市街の入口「ポルト・ソヌリ」にいたる。ジオノの家にいたる坂道は「モンテ・デ・ヴレ・リシェス」(本当の豊かさの坂道、ジオノの『本当の豊かさ』に由来する)と名付けられている。また「ブールヴァール・ジャン・ル・ブルー」という通りもある。他にもレストランやマンションやクリニックなどでジオノに関わる名前をつけているものもあちこちで見かける。

ポルト・ソヌリの手前五十メートルにある観光案内所では「ジオノの文学散歩」などジオノに関わるさまざまな催しが紹介されている。

第二章　バノン

バノンはジオノの作品にしばしば登場する村である。例えば『木を植えた男』の最後の文章はこうなっている。「エルゼアール・ブフィエは一九四七年バノンの養老院で安らかに息を引き取った。[18]」

数年前にできたと仄聞していた『木を植えた男』の主人公の名を冠した「ブフィエ通り」を、二〇一一年の夏にバノンを訪問したさいに確認しておこうと私は考えた。

まず村の中央の広場の片隅に立っている案内図に「エルゼアール・ブフィエ通り」(RUE ELZÉARD BOUFFIER)と「エルゼアール・ブフィエ坂道」(MONTÉE ELZÉARD BOUFFIER)が記載されていることを確認してから、指示されているあたりまで行ってみたが、両者ともになかなか見つからない。その周辺の道路を片っ端から見てまわり、やっとのことで「エルゼアール・ブフィエ

丘の上の村、バノン。紫色の牧草はソージュ・スクラレ

坂道」を発見した。

はじめのうちは事情が飲みこめなかった。いくら探しても、通り(Rue)は見当たらない。あるのは坂道(Montée)だけである。案内図には両方とも書いてあるのに、一体どういうことだろうか?

もう少し詳しく書こう。「裁判所通り」(RUE DE PALAIS DE JUSTICE)を上(東)にあがっていくと、この通りは左右に分かれ、右は「リュ・ドゥ・ラ・ブルガード」(RUE DE LA BOURGADE)となり、左は「エルゼアール・ブフィエ通り」となる。さらにもう少し進むと、右に枝別れする通りがあり、その通りが「エルゼアール・ブフィエ坂道」だと案内図に記されているのだが、実際には「エルゼアール・ブフィエ通り」は存在せずに、それに相当する通りに「エルゼアール・ブフィエ坂道」と書かれているのである。

私はこう考えた。

世界的なベストセラーとなっている『木を植えた

バノンの中心地

男』の主人公ブフィエは、物語の結末で「一九四七年バノンの養老院で安らかに息を引き取った」ということになっている。どうやら、はるばるバノンまでやってきてブフィエの養老院を探す読者がいるのではないだろうか？　ブフィエは架空の人物だから、もちろん、現在は病院になっているかつての養老院に行っても何かの手がかりが得られるわけではない。そういう読者にいくらかの満足感を与えるために、主人公の名前を通りに採用しておこうというバノンの村当局の粋な計らいではないだろうか。一応「通り」と「坂道」まで考えたのだが、途中で面倒臭くなり「通り」は省略してしまった。現実的には、「坂道」に面する家は一軒もない。だから住所として使う住民もいないので、住民の暮らしとの関わりはまったくない。この「坂道」は飾りのような存在である。

何故、「通り」は削除して、「坂道」だけを残したのだろうか。その経緯については知る由もないが、例えばマノスクのジオノの家に行くために登っていく坂道が「本当の豊かさの坂道」(MONTÉE DES VRAIES RICHESSES)と名付けられているという事実が何らかのヒントになるかもしれない。「坂道」という名称が私たちをジオノの家に導いていくということを暗示しているのではないだろうか。なお、「本当の豊かさ」はジオノの『本当の豊かさ』(Les vraies richesses)に由来しているということを付け加えておこう。

さらにもう一点。マノスクの中心街から「黄金山」(モン・ドール、Le Mont d'or)に向かって「本当の豊かさの坂道」を登っていくと、その坂道の半ばあたりの右側のいくらか奥まったところにジオノの家はある。さらにこの坂道を登り詰めると、私たちは「黄金山」という、素晴らしい光景を楽しめる丘の頂にたどり着く。それに反して「ブフィエ坂道」は私たちを墓地に導いていく。私たちを待っているのは墓なのである。

普通の通りの表示にはしっかりした長方形の金属板が使われているのに対して、この「ブフィエ坂道」だけはいかにも手作りを思わせる変形の木の板が用いられている。いずれにしても、バノン村当局の担当者たちの冗談、法螺であろう。「法螺吹きジオノ」をよく知っている人たちが行った措置であろうと私は考えた。せっかく広場の案内地図に書きこんだのだから、いくら短くてもいいから「ブフィエ通り」も作っておけばいいのにというのが私の率直な感想である。

『二番草』では、マノスクとバノンを結ぶ乗合馬車の描写で物語が開始する。「バノンに向かう郵

「旅人たちのカフェ」（かつてはホテルだった）

便馬車がヴァシェールを通りかかるのは、いつでも正午である。なじみの客がやってくるのを待ったためにマノスクを出発するのが遅れてしまったような日でも、ヴァシェールに着くのはやはり正午である。(19)」

そこから標高が加速度的に高くなっていく。坂道が急勾配になる。植物の様相も異なってくる。

マノスクからヴァシェールまでは、丘また丘である。こちら側を登ったかと思うと向こう側を下る。しかし、登ったり下ったりするが、そのたびに登るよりも下る方がいくらか少ない。そうして、少しずつ、大地はそれと分からないうちに上昇していくのである。二、三度旅したことのある者なら、そのことは実感できるはずだ。つまり、いつの間にか野菜畑がなくなってしまうし、小麦の背丈が次第に低くなっていくし、はじめて栗林を通り過ぎるし、草のような色合いを見せ油のように輝く水が流れている奔流の浅瀬を横切るし、さらに、ついにヴァシェールの鐘楼の青い胴体が見えてくるからである。そして、そこが境界なのだ。

そこからはじまる登り坂は、最高に長くて最高にきつく、それが最後の登り坂だということはみんな承知している。そして、馬や馬車や乗客たちが、風が吹き雲が漂う天空の世界のまっただなかに一挙に持ち上げられるということも分かっている。もう向こう側で下りるということもない。まず森林のなかを、ついで、すっかり毛が抜け落ちてしまった年老いた雌犬のように癩病に蝕まれている土地を、道はずっと上昇していく。さらに、どんどんと高くまで登っていくので、乗客たちは鳥の翼の羽ばたきが肩に当たるのが感じられるだろうし、止むことのない風の唸りが聞こえてくるであろう。そうしてついに、馬車は高原に辿りつく。そこは大きな鉋のような風が地表をくまなく削りとってしまった広い土地である。速歩で十五分も進むと、修道院と五十軒ばかりの家の重みで地面が沈下している柔らかいくぼ地状のところにたどり着く。そこがバノンである。[20]

農作物が不作だった年でも、やはり、バノンで秋の物産市は開催される。

不作の年にもかかわらず、その小さな村は夏の大物産市で沸きたぎっていた。通りという通りに、男たちや、荷車や、荷物を持った女たちや、右手に十スーを握りしめ揚げたてのベニェ［油で揚げた菓子］を買おうとしている晴れ着で着飾った子供たちがひしめきあっていた。みんなは周囲の丘のありとあらゆる斜面からやってきたのである。オングルからの街道を歩んでいる大きな一群があった。荷車は並足で進み、一丸となって歩む歩行者たちはみな、埃にまみれていた。ラロッシュから小道をたどってくる人々は、まるで穀粒のように小さく見える。歩いている者たちは肩に袋をかつぎ、そのうしろに一頭の牝山羊が続いている。シミヤーヌに通じる街道には、ポプラ並木の下にある壁の陰で、正午を知らせるあちこちの鐘の音を浴びながら、休憩している人たちがいる。風車小屋のある四辻で立ち止まっている人たちもいる。ラロッシュからやってきている人たちが、ビュエッシュからの人たちに出会った。彼らは入り混じり、小川のまんなかを流れる木の枝の束のようになった。互いに素早い視線を交わす。視線は目からまっすぐ小麦の袋に向かう。そして彼らはたちどころに理解しあう。

「ああ！　これからの一年の暮らしはやはり大変だな！」[21]

物産市を目指して近隣の村々から大勢の人たちがバノンに駆けつけてくる。何しろ一年に一度の楽しみだからである。人々の財布はいくらかかたく閉じられているにしても、それでも年に一度の祭りなので、それなりの賑わいはある。

旅籠が休業しているというわけではない。ああ！　そんな風に事は進まない。中央の長いテーブルではもう空いている席がなくなってしまい、すでに円卓がいくつか脇の窓のあいだに設置されている。二人の娘たちは顔が赤いので、まるで頭から熟したトマトをかぶっているようだ。しかも彼女たちは台所から食堂へとひっきりなしに走っていくので、褐色のソースが彼女たちの腕を伝って流れ落ちる。旅籠でお祈りを唱える余裕があるというわけでもない。そこに来ている客の大半は低地からの仲買人である。太鼓腹を突き出している彼らは、この地方の貧乏人から巻き上げようとやってきたのである。彼らは言葉を巧みに操り、できるだけ安い値段で小麦を買い取ろうと考えている。志の潔い人たちではない。広場では、行商人や小間物屋たちが菩提樹の木々のあいだに布製の屋台を組み立てた。そしてありとあらゆる品物がテントの下に並べられている。帽子、スリッパ、靴、上着、ビロード製の大きなズボン、子供たちのための人形、娘たちのための珊瑚でできた首飾り、家事用の片手鍋や深鍋、赤ちゃんのためのおもちゃや玉房、食いしん坊の乳飲み子のためのおしゃぶりなど。母親にとってこのおしゃぶりは必携品である。何でも売っているので、じつに便利である。規定より短い木製の物差しを持った布商人たちも店を出している(22)。

この物産市でパンチュルル（『二番草』の主人公）は丹精して作った粒ぞろいの立派な小麦を売る

大型書店「ル・ブルエ」

ことができた。一袋百三十フランで六袋売れたので、七百八十フラン手に入った。必要な品物の数々を買ったあと、アルシュール（パンチュルルの妻）がパンチュルルのためにパイプを買ってくるという挿話が、煙草好きのジオノの茶目っ気を彷彿させて微笑みを誘う。彼女は買ってきた品を彼に見せる。「それは新品の美しいパイプである。最高の木材でできたパイプと煙草の包みだった。」そうすると、「彼の目から涙が溢れでてきた」し、「彼女は鳩のように喜びで膨れあがった[23]」のだった。

　この地方に行くと私はマノスクの友人宅に滞在する。バノンはマノスクの北北西約五十キロに位置するので、バノンへはいつでも南の方角から接近することになる。バノンに近づいていくにつれて、丘の上にあるバノンの町がじつに立派に見える。町全体がやや平らなピラミッド形にまとまっており、その頂点には教会の鐘楼が見える。ラヴァンド（ラヴェンダー）やソージュ・スクラレ（紫色の花をつけるセージの一種の牧草）が裾野をいろど

丘の上の礼拝堂

っているときが最高に美しい。前回にソージュ・スクラレの美しい花が咲いていたからといって、翌年も同じ花が見られるとは限らない。何を植えるかあるいは何も植えないかはすべて麓の畑の持ち主の農民の自由である。村の中に入っていくと、駐車場を兼ねている中央の広場を取り囲むようにして、建物が並んでいる。教会は右手の上の方に聳えている。大抵の場合、この教会では絵画や写真の展示会が行われている。

バノンの名産は栗の葉で包まれた山羊のチーズである。作られたばかりの淡泊な味わいのものから、熟成が進んだ濃厚なものまで、好みに応じて選ぶことができる。それともう一点、ブランディーユ（小枝）と名付けられている細くて長いソーシッソンを挙げておこう。広場に面したこのソーシッソン屋さんに入ると、松の実、サリエット、唐辛子などさま

街道沿いのサン＝ヴァンサン＝シュル＝ジャブロン

ざまな味付けのソーシッソンが、まるで暖簾《のれん》のようにぶら下がっているのを見るだけでも壮観である。

一九九七年の夏のジオノ学会の最終日のことだった。希望者たちは二台のバスに分乗してル・コンタドゥールを目指したのだが、途中このバノンにバスは一時停車した。トイレ休憩と思いこんだ私が広場の一角にあるトイレで用を足しているあいだに、事情を心得ている会員たちはこのソーシッソンを満足そうな表情で買いこんできて、バスのなかで食べ始めた。私も勧められたので食べたところ、何とも乙な味だった。それ以降、バノンに行けばいつもこのブランディーユを買うことにしている。

もうひとつ、バノンで有名なものを挙げておこう。それは〈ル・ブルエ〉(Le Bleuet、矢車菊)という名前の大型書店である。人口が千人程度の村にはまったく不釣り合いの大きな書店ができたおかげで、各地から客が来店し、カフェではその書店の袋に入れた本を持っている客がテーブルについている。この書店のおかげもあり、バノンには活気が戻ってきているような気がする。

この地方に愛着を抱くようになったきっかけをジオノはきわめて雄弁にカリエールに語っている。洗濯屋を営んでいた母親のところでは、常時三人ばかりの娘さんが働いていた。ひとりっ子だったジャン少年は母親や娘さんたちにけっこう甘やかされていたらしい。ある時、父親はジャンに冒険をしてくるよう勧める。五フランあげるから、ひとりでできるだけ長い間できるだけ遠くまで旅してきなさいと父親はジャン坊やに提案したのであった。子供を自立させるための試みである。珍しく反対することもなく、ジャン坊やの旅の身支度を整えた母親は、馬車の乗り場までジャンを送ってくれた。

そのときジャンが最初の夜を過ごすために到着したバノンの描写をここで紹介しておこう。

ジオノ　九月だったと思います。たしか九月の終わりだったと思います。夕闇が間もなくおりてきたのを覚えているので、五時頃に出発したにちがいありません。さて、私は馬車に乗り、御者の横に坐りました。そこは大きな幌に覆われていました。ヴァシェールを過ぎると、小さな高原のようなところを通り、ついで小さくて狭い谷間に入りこんでいきました。ふたたび支脈を登っていくと、やがてバノンが見えてきます。私たちがバノンに着いたのは夜の十時頃で、すでにすっかり暗くなっていました。バノンはいくつかの丘が連なる野生の土地の向こうに沈みこんでいるのですが、この大きな村は、その夜は、大きな火で煌々と照らされていました。その大きな火は、広場に置かれているのではなく、大きなホテルの窓から出てきているようでした。ホテルは二軒あり、ホテルの窓はランプで見事に照らし出されていました。ランプは石油ランプでしたが、じつにたくさんのランプがありました。ろうそくの光も見えたし、大きな焔があふれ出てきていました。炉床や大きな暖炉で火を燃やしていたからです。物産市がその日の夕べにあったので、多くの人が集まってきていたのです。(24)

当時十二歳くらいの少年だったジャンは旅籠に入り夕食を食べる。まわりの客たちがひとり旅のジャンに興味を持ち、何故ひとりで旅しているのか、どこに行くのだなどと訊ねてきてくれた。ジャンは父親の提案のことを話した。その結果、ひとりの男が素晴らしい提案をしてくれた。その博労に連れられて、ジャンはきわめて印象的なやり方でリュール山を越え、ジャブロン渓谷にたどり着き、その渓谷をシストロンに向かって下っていったのであった。

ジオノ　御者が私にホテルを指し示してくれました。私がそのホテルに行って、階段を四段か五段あがると、そこは食堂の入り口でした。入り口には食器棚があり、そこからどんぶり、フォーク、ナイフを手にとり、それらを持って大きなテーブルのところまで行って席につくようになっていました。しかし、そこにはすでに大勢の人たちが食卓に向かって坐っていました。威勢のいい太った男たちや、大声で話に熱中している人びとなど、ともかくさまざまな男たちがいました。女はそれほどいませんでした。みんなはそれぞれの席に陣取って食事をしていたのです。

そこで私も、どんぶり、フォーク、ナイフを手にとり、みんなの坐っているテーブルにつきました。しかし、ナイフをとったのは間違いだったということが分かったのです。というのも、ナイフをとると、軍隊の場合と同様で、私は即座に〈新入り〉だと認められることになったからです。他の人たちはすべて自分用のナイフを持っていました。だから、ホテルのナイフを手にすると、事実、新入りだとみなされるという仕組みになっていたのでした。

さて、私が坐りこむと、女性が私の皿を受け取り、炉床の上で煮えたぎっている大鍋のところに行き、ドーブ[牛肉の赤ワイン蒸し]の肉を杓子でたっぷり二杯私の皿に入れ、パンと一リットルのワインを持ってきてくれました。そして私は食べはじめました。そのうちに、私の周囲にいた男たちのうちの一人が、彼は私のとなりに坐っていたのですが、いったい私は何をしているのか、どこへ行くつもりなのか、私はどういう者なのかなどと訊ねてきたので、今君に話しているような具合に、私はごく手短に経緯を説明しました。その場にいた人びとは大いに面白がってくれました。そのとき、そのなかの一人が私に次のような提案をしてくれました。

「お前さんが望むなら、俺がお前を連れていってやってもいいよ。俺はセドロンの物産市に行って馬を売るつもりだ。お前が俺たちと一緒に来るなら、山を横切っていこう。ほら、あっちだ。山の向こう側だよ。お前はラバに乗ればいいから、快適なはずだ。物産市で馬の引き綱を持っていてほしい。手伝ってくれれば、お前にはいくらか金を払うよ。そうするとお前は金の無駄遣いをしなくてすむ。今晩は、お前は自分で食事代を払うのだよ。部屋代をふくめて三十スーだ。お前が承知するなら、明日の朝、起こしてやろう。俺と一緒に行こうぜ。」じつに誇らしく感じた私は、ぜひとも同行させてほしいと答えたのです。

さてその翌日、彼は私を起こしてくれました。馬たちの鼻面はお互いに縛りつけられていたので、ひと組の馬となり、少しはしゃぎまわっていましたが、じつに御しやすかった。彼は使用人を連れており、その使用人は前を歩き、彼はうしろを歩きました。彼は小さな雌ラバのような動物に私をのせてくれましたが、そのラバは荷鞍を運んでいました。こういう風に私たちはリュール山に向かって出発したのです。こうして、私ははじめてリュール山を知ることができたのです。この経験が子どもの私にとってきわめて重要な意味を持っていたということは、君にも分かってもらえるでしょう！

朝の五時頃、この馬の群れを従えて私たちが山を横切っていると、太陽が山のなかから姿を現わしてきました。私たちは、谷間を下っていく急峻で切り立ったきわめて危険な山道をたどっていきました。私はずっと小さなラバの背に乗っていたのです。私たちはレ・ゾメルグを横切り、バレ＝ドゥ＝リウールの方へふたたび登り、さらにセドロンに下りていきました［レ・

ゾメルグとバレ＝ドゥ＝リウールとセドロンの位置関係は実際の地図上の位置とは合致していない」。

そしてセドロンで私は例のちょっとした仕事をこなしました。その仕事とは、使用人が商談の対象になっている馬を買い手の前で走らせているあいだ、馬たちの群れの手綱を持つという単純きわまりない作業です。そして夜になると彼から二十スー受け取りました。三十スー使いましたが、まだ四フラン五十サンチーム残っていました。こういう風に、彼といっしょにもう二つの物産市をまわりました。シストロンの市でさらに二十スーもらいましたが、そこでは出費がなかったので、五十サンチームの利益を得たことになります。しかし、シストロンでマノスク行きの汽車の切符を買ったところ、二フラン五十サンチームの出費となりました。このようにして私が帰ってきたときには……、五フラン五十サンチームから二フラン五十サンチームを差し引くと、まだ三フラン残っていたのです。(25)

ジオノはこの経験を次のように意義付けている。「家を離れていたのは六日間でした。これが私の最初の旅です。あの当時の私のように若い年齢の子供の目にとってリュール山との最初の接触がどれほど重要なものだったか、君にはよく分かるでしょう。あれ以来リュール山は、私にとって、現実のものとは思えないほどの神秘的な土地であり、神々や曙光が支配している土地であり続けているのです。というのも、生まれてくる夜明けのなかで私はあの地域を知ったわけですからね。未

友人の果樹園でサクランボを満喫する。

知の土地を未知の男が馬の群れを連れていく。ラバの背に乗った私は彼に同行する。しかも二十スー稼ぐ。素晴らしいことですよ！」(26)これ以降、バノンやリュール山やジャブロン渓谷はジオノの意識のなかで輝きを失うことはなかった。そしてジオノの物語のなかでたびたびこの地域が用いられることになる。東西に長く稜線を延ばしているリュール山は、この地方の屋根と形容されることもある。マノスクをはじめこの地方のいたるところからこのリュール山の頂を仰ぎ見ることができる。

ここで私の最近の個人的な体験を付け加えておきたい。二〇一六年の六月初旬から一か月間、私と家内は南仏オート＝プロヴァンスに滞在した。マノスクで生涯を過ごした小説家、ジャン・ジオノの作品にゆかりのある土地を訪問し、友人たちとの交流を重ねながらジオノ文学の理解を深め、オート＝プロヴァンスと信

村はずれの丘、蝶たちの楽園（山本直子氏撮影）

州の気候風土は似ているという数年前に提示した仮説（拙著『日本のオート＝プロヴァンス、信州松本の四季折々』、ほおずき書籍）の妥当性を再確認するためである。

友人のベルナール・ベッサさんと奥さんのニコルさん（マノスク生まれ）に、ベルナールの故郷の村を案内してもらった。オート＝プロヴァンスの谷間に点在する小村には高校がない。マノスクの高校に通っていたベルナールは、同じ通り（「真実の豊かさの坂道」という通り）に住んでいたジオノと親しくなった。「平和主義者、ジャン・ジオノ」等の優れたラジオ番組や各種の映画を制作した彼は、広島の平和公園と立命館大学の平和博物館を訪れ、「日本の平和主義が持続するように！」と雑誌に執筆した平和主義者である。「戦争で自由や平和を取り戻せると考えるのは幻想でしかない。戦争は際限のない戦争を産み出すだけである。」こう主張したジオノはすぐさま投獄された。

リュール山（一八二六メートル）の北側のジャブロン渓谷を、私は何度も通過したが、点在する村を親しく知る幸運に恵まれなかった。ジオノ自身、ある対談で、「五フランあげるからできるだけ遠くまでできるだけ長いあいだ旅してくるように」と父親に言われ、曙光を浴びながらリュール山をラバの背に揺られて越え、ジャブロン渓谷を下った少年時代の印象的な一人旅を懐かしそうに語っている。ダム建設や原子力センターの設置にもジオノは猛然と反対した。かつて八百人の住民でにぎわっていたベルナールの故郷、サン＝ヴァンサン＝シュル＝ジャブロン（ジャブロン渓谷のサン＝ヴァンサン）は、今では百人程度の住人が暮らす静かな過疎の村である。護岸されていないジャブロン川には自然の美しい水が流れている。

生息する蝶を図示する標識（山本直子氏撮影）

往時を偲ばせるベルナールの家の隅々まで案内していただき、果樹園では鈴なりのサクランボを頬張り、ジオノの傑作『屋根の上の軽騎兵』の映画撮影で使われた集落を訪れた。多彩な草花が繁茂する小高い丘は蝶の楽園になっている。日本各地にアサギマダラの楽園があるのを思い出しながら、夕陽を受けて白く輝くリュール山の稜線や

リュール山の稜線を望む

ジャブロン渓谷の眺望を心ゆくまで楽しみ、まるで信州の山間の村にいるような感慨を味わった。

昆虫の楽園を作ろうというこの村の村長の計画はフランスにあってはきわめて稀で斬新である。日本ではほとんど誰でも知っている『昆虫記』のファーブルは、じつは、フランスではほとんど誰にも知られていないのである。オランジュ郊外のセリニャンにあるファーブル記念館は、数年前私たちが訪問した時には、訪れる観光客もほとんどなく、ひっそりしていた。それほどフランス人たちは昆虫には関心がないのである。ジオノゆかりのこのジャブロン渓谷からエコロジストの村長が発しているメッセージが広がっていくことを願っている。

かつて別の友人にフランス人の昆虫に対する無関心、ファーブルへの無理解を嘆いてみたことがある。私の発言が直接の刺激になったのかどうか不明ではあるが、ジオノやノストラダムスに関する優れた著作もあるピエール＝エミール・ブレロンさんは、同時に雑誌の編集長でもあるので、自分の雑誌でファーブルの特集記事を組むことになった。彼自身がファーブル記念館を訪問し、かなり詳細な記事「ジャン＝アンリ・ファーブル、忘れられている学者[27]」を書いたのは注目に値することである。「科学の境界を超越している作品」を産み出したファーブルは、科学的であると同時に何よりも文学的だったということが確認されている。

事実、ファーブルが『昆虫記』で目指したのは、科学論文風の文章ではなくて、科学的な知識がなくても読んで楽しいような文学的な味わいのある文章であった。科学者からは論文ではないと非難されることもあったようだが、科学的発見に満ちあふれしかも個人的な記述も適宜配置されているので、私たちは昆虫の世界の謎を次から次へと解き明かしてくれる『昆虫記』に心から没頭できるのである。科学と文学の見事な融合の一例である。

第三章　ル・コンタドゥール高原

『喜びは永遠に残る』（一九三四年）に感動した読者が続々とジオノを訪問してくるようになった。三五年の九月一日、五十名ばかりの愛読者たちとともにジオノは北に向かって出発し、五日には最初の目的地、ル・コンタドゥールにたどり着く。そこはバノンから北に向かって十キロばかり登っていったところで、わずかに七、八軒の家があるだけの集落である。その北側にはリュール山の稜線にいたるまで、無人のル・コンタドゥール高原が広がっている。ラヴァンド蒸留所を見学していたジオノは、溝にはまりこみ膝を挫いてしまう。一同はそこに滞在することに決める。

ジオノが参加者たちをル・コンタドゥール高原に連れて行ったということは、『喜びは永遠に残る』の舞台となっている「グレモーヌ高原(28)」（Plateau Grémone）と何らかの関わりがあるからであろう。バノンの章で書いたように、ジオノはこの近辺に限りない愛着を抱いていたので、ル・コンタドゥール高原を参考にしてグレモーヌ高原を描写していったということは大いにありうることである。当初はもっと北に進みリュール山に登ろうと意図していたとも考えられるが、やはりこの高原が第一の目的地だったということに疑いの余地はない。

『喜びは永遠に残る』では、住民たちが生き甲斐もなく惰性的に暮らしていたグレモーヌ高原にやってきたボビが、ジュルダンとマルトの家に居候して、さまざまな喜びを産み出していく。最初にボビが現われたときは喜びの象徴として口笛が用いられている。ボビは口笛を吹く。この口笛が高原の津々浦々に行きわたるとき、幸福が住人たちの心を満たすようになるのである。

それから男はふたたび口笛を吹きはじめた。その土地の男たち、たくさんの森とたくさんの湖とたくさんの山を見た男たち、大荒れの空を何度も見たことのある男たち、そういう男たちが作った諺が、事実、伝えられている。そういう体験をした男たちが、何事かを知っていたということは認めなければならない。悪いことから美しいことが出てくるはずがない、と言っている諺がある。

口笛はこのうえなく美しかった。

その口笛の響きはまん丸だった。それは静かに流れていった。まさに、行く必要のあるところに流れていった。その口笛は、堅固な頭脳から生まれでてきているのが感じられた。男の穏やかな二つの目が投げかける視線、ゆっくりした動作、広々としたグレモーヌ高原に足を止めたその男の、木のような背丈と緩慢さがその口笛から連想された。その男はおそらく癩病人を

ル・コンタドゥール高原の中心部

看病したことはないのだろう。しかしそういう看護を宿命づけられている人々がいる。男に病気を見せさえすれば、看病したいという欲求が彼の内面から目ざめてくるのである。

さて今度は九つ目の畝を始めねばならなかったが、畑は上り坂になり、馬はこの夜の仕事ですでに疲れていた。超自然的なことになると、あるいはそのように思い込んでいることになると、うまく理解できないのは不思議だ。あの煙草の味、あの赤い砂岩、あの湧き出る泉、あの青い砂岩、そしてあの鉄のへげがすでに話題にあがった。今では、星たちはすべてまるで人参の花のようだった。男は「オリオン座」と言った。それはほとんど誰も知らない言葉だ。もしも俺が若い馬を買うようなことがあれば、オリオンと名づけることにしよう。[29]

さて、一九三五年のジオノたちの活動に戻ろう。この高原が気に入ったジオノを中心として五人が出資者となり、

崩落しつつある羊小屋

彼らは小屋を一軒購入した。そしてその場所で年に二度、九月と復活祭の頃に一種のキャンプ生活をすることに決めた。戦争が勃発するまで合計九回の共同生活が行われることになる。

しかし問題がないわけでもなかった。ジオノはこの共同生活は失敗だったと後に回想しているからである。ジオノは参加者たちと対等の仲間としての付き合いを望んでいたのであって、自分が彼らの指導者になるなどということは夢想だにしていなかったのである。アムルッシュとの対話でジオノは次のように語っている。

ジオノ　私は責任を持って自分の考えていることを言っただけです！　私が話しかけた人たちは命令の言葉を受ける習慣を持っていま

高原で放牧されている羊の群れ

した。その上、私が命令の言葉を発するよう彼らが刺激するという危険はなかったし、私から与えられるはずの命令の言葉を自分で考え出すという危険もいっさいなかった期間のあいだずっと、彼らはとても面食らっていました。自分自身の責任は自分でとらねばならないという厳しい時期にあっては、私は彼らをすっかり自由にさせているということと、今度は命令の言葉は存在しないということが飲みこめたとき、彼らはじつに幸福だったのです。なぜル・コンタドゥールのことばかり取り上げるのですか？　個人的に私が受け入れていた多数の訪問客のことも話すべきですよ。彼らは私の家にやってきて、私の肘掛け椅子に打ち解けて坐り、私にいくつかの質問を投げかけました。私はそうした質問に答えました。私はきわめて率直に私の考えを伝えました。いつも私は彼らに言ったものです。「いいですか、私が何よりも嫌っていることがひとつあるのです。人のあとについて行くのは好きじゃないのです。人のあとについて行く人は嫌いです。誰のあとについて行ってもいけません。とりわけ私のあとにはぜったいについてこないでください。」いつも繰り返しこう言いました。『空の重み』ではこのことについてわずか一文しか書きませんでした。一度だけしかこのことについて書かなかったので、私はそのことを後悔しています。いつでも一般的な立場を取ろうとする傾向のある人びとに個人的な立場を理解させるのは難しいことだということが今の私には分かっているからです。

アムルッシュ　彼らにとって、作家は自分自身の思想や自分自身の真実を表現するだけではなく、読者たちの真実を、あるいは少なくとも一般読者が賞賛するにいたるような思想や真実を表現する人物なのです。彼らにとっては作家の責任というものは大きいのです。作家とは彼らの模範ですからね。それに彼らには模範を必要としているのです。そして問題は、どのような人間であっても、またその人物が最高に自由であっても、危険な交差点の前に行き当たれば、その人だって追随者になってしまうのではないだろうかということを、あるいはどの程度まで、彼が価値の体系に従ってあるいはいささか神話的な一式の用例にのっとって決断しないのかということを、知ることにあります。

ジオノ　それはそうでしょうが、それはその人物の個人的な責任ですよ！　私が要求するのは彼が自分で自分の責任をとってほしいということだけです。あなたは先ほど作家について話されました。作家という語はいささか大げさすぎます。作家に対して、彼らがとくに重視していたのは書かれたものでした。そして書かれたものとは彼らが新聞で読んでいた文章なのです。ただそれだけのことです。それが彼らの追随していた作家ですよ！(30)

若者のなかには自分たちを導いてくれるようなジオノの言葉を待ち望んでいた者がいたことをジオノは嘆いている。何かを決断するとき、私たちはいつでも自分の責任で自分の運命を決めねばならないからである。しかし、受動的な態度で指導者を期待する者がいるのも事実であろう。自分は指導者ではないとジオノは言いたかったのである。

同じく『喜びは永遠に残る』の意義に関しても、ボビはさまざまな喜びの可能性を披露することによって高原の活性化に努めたが、彼は自分では何も生産することがなかった。住人たちの所有物を利用しただけだったので、彼の態度には限界が潜んでいたとジオノは述べている。

ジオノ　『喜びは永遠に残る』のなかで私が指摘するのを忘れたこと、それは無私無欲の残忍な側面、つまり無私無欲の錐揉み的な側面です。無私無欲というものは凶暴にして利己的な品性もしくは情熱です。このことを物語のなかに書きこみたかったのでした。なぜ私はマキャヴェリのところまで進んでしまったのでしょうか？　たとえば無私無欲のように一般的に認められている人間の偉大な品性のなかには、利己的な性格や凶暴な性格が潜んでいるということを、まず私が理解し、さらに読者に理解してもらえるように努力すべきだからです。『喜びは永遠に残る』のなかであなたの心に訴えかけるのは原始的な側面だとあなたが主張されると、私にはあなたのおっしゃることがとてもよく理解できます。しかし、あなたの暮らしのなかで道を歩いている最中に天使に出くわすなんてことがあるでしょうか？　あなたは私に比べれば『喜びは永遠に残る』で描かれた無私無欲によく似た無私無欲の近くに位置しておられるということだけを言っておきましょう。私は『強靭な魂』で私が描いた無私無欲によく似た無私無欲の方に接近しているのです。

問題は次のように設定できます。自らの本を通じて達成される作家の進化とはどういうものでしょうか？　私にとって重要なのは、『喜びは永遠に残る』は成功した作品なのかどうか、『喜びは永遠に残る』は読者たちにとって大切な作品であるかどうか、この物語は『強靭な魂』に比べて重要なのかあるいはそうではないのか、このようなことを知ることではありません。表現すべきだった内容を最後の最後まで表現しつくしたかどうかを知ることが大切なのです。『喜びは永遠に残る』において、無私無欲は作者に観察されたものとして描かれているときがあるので、『喜びは永遠に残る』の経験はまるでボビによって見られているかのように書かれています。ボビが農場にやってきて、大量の小麦を小鳥たちの餌として庭先にぶちまける場面がありますが、ボビが鳥たちに与えるのは彼の持ち物ではありません。それは他人の持ち物であって、彼は他人に無私無欲であるよう促すのです。『強靭な魂』において、無私無欲の恩恵を受ける人々がどういう風にその無私無欲を見ているかということを示そうと私は試みま

直子（家内）、友人ベルトラン、羊飼い

した。さまざまな手順を創りだし、嘘が積み重なっていくような一種の対話を創りだす必要がありました。つまり、その無私無欲を契機にして誤解が積み重なっていくのです。ニュマンス夫人が無私無欲に対する自分の観点を表明することは一度もありません。あなた方は彼女が残酷だと思うでしょう。彼女は自分のことを残酷だとはおそらく考えていないでしょう！　お分かりでしょうか？　それは別のことなのです。そこで、私はもっと奥まで突きつめようと試みました。事実、私が関心を抱いていた主題を、もう少し奥まで切り進めることのできるメスを使って、再度表現してみるようにと私の経験が私を突き動かしたのです[31]。

こういう風に、ジオノは『喜びは永遠に残る』に否定的な態度をとるようになり、ル・コ

ラヴァンド畑

ンタドゥールの共同生活においても自分が考えていたことはほとんど理解されていなかったと悲観的に回想しているが、この作品はその詩的な文体もあいまって多くの読者に感動を与え続けているし、ル・コンタドゥールの参加者たちはそれなりに素晴らしい体験をしたと前向きに振り返っているのである。

前者の代表例として、ジオノと対話することになったカリエールの文章を紹介しておこう。ジオノとの対話集の前書きとして書かれたテクストである。「以下の対話が実現したとき、私は十数年前からジオノと知り合いになっていた。自分がどういう道を、誰を頼りにして歩むことになるのかといったことを考えはじめるのにふさわしいような年齢で、私は彼に出会った。当時の私は二十二歳だった。ほとんどいかなる作家も行ったことのないようなことを彼は私のためにしてくれた。私の人生に対する彼の影響は、作家としての影響というよりも人間としての影響だったと言うのが適切であろう。十四歳のときにはじめて私はジオノ

ラヴァンド畑

の本を読んだ。それは父が買ってきてくれた『喜びは永遠に残る』だった。それ以来、〈それは、途方もなく美しい夜だった〉という最初の一文が私にとって魔法の要石になった。あの一文を読み返すたびに、私の心のなかでいつも変わることのない小さな衝撃が走る。森林の呼吸に感嘆の目を輝かす子供が味わうような衝撃である。そうした（詩的な？）現象が最初の日と同じ新鮮さを失うことがないのは、私にとっては奇跡的な出来事である。その魅惑は今でも色褪せるということがない。この一文を目にするたびに私は感嘆の目を輝かす子供になる。これらの数語は私の内面のはるか奥の方に刻印されてしまっているので、どんなことがあってもその魔法が解けるということはありえないであろう。数語の言葉は呪文のように私に働きかけ、最初の透明さを失うことなくその物語世界を再現してくれるのである[32]。」

　のちにジオノ協会の会長を長年にわたって務めた、ジオノ研究の第一人者にして、ル・コンタドゥールの参加者でもあったピエール・シトロンは大著『ジオノ』のなかで集まりの初期の雰囲気を伝えている。「彼［ジオノ］は人間的で実質的で熱烈で親愛の情にあふれているグループの人たちの中心にいる。［一九三五年］九月十五日の「日記」に彼はこう書いている。『万事が素晴らしかった。（中略）すべての参加者にとって新たな生活が始まった。』彼らは家を一軒購入し、そこで〈ボビ風の〉体験を味わう予定である。散策は〈人間的な冒険〉となった。ジオノのまわりにグループが形成された。難しい問題があり、彼はそれについて語ろうとしないが、〈この壮麗な作品を構築する〉必要がある。それは私たちの熱意と純粋さにふさわしい作品になるはずである。(33)」

ここでル・コンタドゥール高原での私の個人的な体験を紹介しておきたい。二〇〇四年の九月、私たちはル・コンタドゥールの集落を通り抜け、急な坂道が始まる手前にあるチネット地区の二軒の家の左側を迂回して、石ころに覆われている坂道を車で登っていった。ラヴァンド畑が尽きるところをなお進んでいくと羊小屋があった。その前には水が用意されていた。大きな石で覆われた井戸もあった。もっと上に羊の群れがいることを確信した私たちはなおも稜線に向かって登っていった。時どき車のエンジンを止めて、羊たちの物音が聞こえてくるのではないかと期待して耳を澄ました。

西の方からカランカランというかすかな音が聞こえてきた。羊が首につけている鐘の音である。車から降りそちらに向かって歩いていくと、地面にある平らな石に塩が置かれているのを確認した。

これは羊に与えるための塩だ。遠くに羊の群れが見えてきた。近寄ってみると羊飼いがひとり、二匹の牧羊犬とともに、羊の群れを見守っていた。

羊飼いに近寄って、羊飼いの生活についていろいろと教えてもらった。こうやって羊を放牧するのは六月から十一月の雪が降り始める頃までの期間で、羊の群れは八百四十頭。このあたりには狼はいないので、安心して放牧することができる。時どきハイキングやサイクリングの人たちが通りかかるだけで、静かなところである。

ジオノの作品のなかでもっとも人口に膾炙している『木を植えた男』もこの高原を舞台にして構想された物語である。しかし「砂漠」の規模は大幅に拡大されている。

私がその砂漠の長い散策を企てた当時、そこは標高がおよそ千二百メートルから千三百メートルで、植物も生えていない単調な荒れ地であった。わずかばかりのラヴァンドが自生しているだけだった。

私はその地方のもっとも幅の広いところを横切っていた。三日歩いた後で、前代未聞の荒涼たる場所に行きついた。骸骨のような廃村のかたわらで私はテントを張った。前日から飲み水がなくなっていたので、水を探す必要があった。古くなった雀蜂の巣のように崩れはててしまっているその集落は、かつてはそこに泉か井戸があったに違いないと想像させるに充分だった。

なるほど泉は残っていたが、水は涸れていた。風雨に痛めつけられた屋根のない五、六軒の家や、崩れおちた鐘楼を備えた小さな教会が、人が住んでいる村の家や教会と同じように並んでいたが、そこには生命の気配はまったく消え失せてしまっていた。
それは太陽が輝きわたる六月のある晴れた日のことだった。避難場所もない、天にも届こうかというその高地では、風が耐えがたいまでに容赦なく吹き荒れていた。骸骨と化した家々に吹きつける風の咆哮は、獲物にありついている最中に邪魔された獣の唸り声のようだった。[34]

そこで「私」が出会った男は、ひとり黙々と木を植えていた。何十年も続けられた植林のおかげで、砂漠同然の荒れ地だったこのあたり一帯に森林がよみがえったのである。森林監視官でさえその森は自然に生まれてきたと勘違いするほどだったと物語には記されている。

事実、ジオノがこの物語を執筆した頃、ル・コンタドゥール高原には樹木がほとんど生えていなかった。しかし、高原の中央のくぼ地には一本だけ楢の大木が聳えていた。ドングリを落として、木が生えてきても、羊たちはすぐに幼い木を食べてしまう。羊は今とは比べものにならないくらいたくさん放牧されていたからである。物語作家ジオノは、想像力をたくましくする。楢の大木が実らせるドングリを地中に埋めていく男を創作したのであった。「私」が砂漠のような高原で途方に暮れているという状況で、「私」がひとりの羊飼いに出会う経緯は次のように描かれている。

ジオノたちが「ル・コンタドゥールの会」で利用していた小屋

テントはたたまざるをえなかった。そこから五時間歩いても、相変わらず水は見つからなかった。水が見つかるという希望の兆しすらない。見わたすかぎり変わることのない乾燥した大地とそこに生えている木本植物だけだった。はるか彼方に黒い小さな影像《シルエット》が立っているのが見えるような気がした。一本だけ孤立して生えている木の幹だと思った。念のため、私はその影像に向かっていった。それは羊飼いだった。三十頭ばかりの羊が、彼のかたわらの焼けつくような地面にうずくまって休んでいた。

彼の水筒の水でようやく私は喉をうるおした。しばらくして、うねるような高原のくぼみにある彼の羊小屋に私は案内された。自然が作り出した非常に深い穴から、彼は素晴らしい水を汲みあげた。井戸の上には簡素なつるべが架かっていた[35]。

幻視者的な資質をありあまるほど持っていたジオノに

は、ル・コンタドゥール高原の中央に孤立して生えていた楢の大木が次々と子孫を増やし森を作っていく様子が見えてきたのであろうと私は想像している。樹木が生えて森が育つと、風が穏やかになり、水も湧き出てくる。こうした様子は次のように書かれている。

今ではすべてが一変していた。空気までもが。かつて私を迎えた乾燥した粗暴な突風の代わりに、香りのよい柔らかな微風が吹いていた。水の流れを思わせるような物音が高原の方から聞こえてきたが、それは森を吹き抜ける風の音だった。さらに、いっそう驚くべきことに、水盤に流れ落ちる本物の水の音が聞こえた。泉水が作られていて、そこにはたっぷりと水が溢れていた。そして私が最も感激したのは、その泉水のほとりにすでに四年はたっているかと思われる菩提樹が植えられているということだった。その菩提樹は豊かな葉叢を茂らせ、まぎれもない復活の象徴になっていた。(36)

しかしこれは架空の物語である。ブフィエはいなかったし、ル・コンタドゥール高原に他の誰かが植林したわけでもない。しかしながら、羊の数が大幅に減少してきたことと関係があると思われるが、この高原は、現在、自然に樹木が育ってきたおかげで、五十パーセント程度の森林率になっている。まるでジオノが予言したかのように、森林が回復してきている。小説家は時として未来を言い当てるのである。

なお、菩提樹は庭の主木として植えられることもあるが、公園や広場などで大きく育っていることが多い。白い花は六月に盛りを迎える。陽光を浴びて光り輝く菩提樹は周囲に幸福と希望を発散する。あたり一面に芳香が漂い、心地よい翅音を響かせて蜜蜂が忙しそうに飛び交う。菩提樹の花の煎じ茶は貴重な美味しい飲み物である。

第四章　ルドルチエの廃墟

オート＝プロヴァンスには、住人がいなくなった結果、廃村になってしまった集落があちこちにある。バノンから五キロほど北のルドルチエの廃墟にジオノは興味を抱いていた。『二番草』のオービニャーヌを構想するに際して、このルドルチエの廃墟をジオノが思い浮かべていたということは大いにありうることであり、それは突飛な類推ではない。事実、プレイヤッド版「ジャン・ジオノ小説全集」の第一巻の年譜に次のような記述が見られる。「一九一九年あるいは一九二〇年に、ルドルチエの村役場を閉鎖するという任務を担っていた田園監視官に連れられて、ジオノはその村の廃墟を歩きまわる。その廃墟は、最後の住人だった羊飼いのアントワーヌ・ロジエが一九一八年に死亡して以来、無人の状態であった。」(37)

ジオノが興味本位でこの廃墟を見学したとは考えられない。将来作家になるジオノが何か根源的な意味を感じ取り、廃墟を見てまわったのだろうと私は推測している。私自身も、小高い丘の頂の周辺にあるこの廃墟を二〇一〇年と二〇一二年に詳しく調べてみた。おそらく三十くらいの家屋があったと想像される集落は、今では崩れ果て、白い石の壁の残骸が残っているだけである。一か所、地面に穴があいているのに気づいた。それほど深くない底には水が溜まっている。井戸の名残りであろう。丘の頂上にはドーム型の屋根が残っている。おそらく礼拝堂だったのだろう。麓には墓地もある。墓標が十個くらいしか見当たらないということは、この村の歴史はそれほど長いものではなかったのだろうか？ 詳細は何も分からない。しかし、廃墟のあちこちを歩きまわっていると、かつてここに男女の声が響いていたのだと思うだけで何だか不思議な感慨を覚えたものである。

住人がわずか三人になってしまった村、オービニャーヌの様子が『二番草』で描写されている。少し長くなるが詳しく見ていきたい。この集落を描くにあたって、ジオノはルドルチエを参考にしたと思われるからである。

この物語では、再生する男女、再生する農業、再生する集落がテーマとなっている。ここでは人間らしい暮らしができるようになった男女が農業を始めることによっていっそう安定した家庭を築き上げるという概念の延長上にある、再生する村に触れてみたい。

パンチュルルが暮らしているオービニャーヌからいち早く逃げ出した男の回想。彼は、今、バノンに向かう乗合馬車に乗っている。道が登り坂に差しかかったので、馬の負担を減らすために四人の乗客は馬車から下りて、道を歩いている。歩きながらアガタンジュはこう話す。

街道筋から見下ろすルドルチエの廃墟の全貌

「オート＝テール（高地）の住人から聞いたところでは、まだ三人住んでいるそうだ。まずゴーベール。例の〈セキレイ〉だよ。レ・ルヴィエールで監視人をやっているゴーベールの父親だ。奴は俺よりも歳をとっている。そしてパンチュルルがいる。奴は……。さらに、ピエモンテ出身だという評判の女もいるので、これで合計三人だよ！」

風が、まるで海の波のように空を持ち上げる。風のために、空が沸騰し黒くなる。風が吹くので、空はまるで山のように泡立つ。もう太陽は見えない。静止した平穏な青空の広がりが見えるということもない。流れていく雲しか見えない。雲たちは南の方に走っていく。

時として、その風は急降下し、森林を押しつぶし、街道に飛び出し、埃の長い紐を編みあげる。馬たちは歩みをとめて、頭を下げる。風が通り過ぎる。[38]

オービニャーヌの暮らしの厳しさを暗示するかのように、村の周辺を支配している荒々しい風が彼らに吹き付ける。風がまるで野獣のように彼らを襲うのである。野生と文明、狩猟と農業などの対比が感じられる。

物語冒頭の乗合馬車の場面では、正午にヴァシェールに着いたあと、馬車が登り坂に差しかかるときに見えていたオービニャーヌは次のように描かれていた。

彼らは四人とも長いあいだ黙々と歩いた。馬の鈴の音が、水滴のように、風によって撒き散らされる。森の左側が急に崩れ落ちたような具合になり、谷間が見えてくる。街道に合流してくる一本の道が見える。道は森のなかを這うように進み、上り坂になり、街道に合流するためにつづら折りになっているにちがいなかった。歩く者がいないので道は死んだも同然であった。青い草で覆いつくされていた。楢の林の下を伸びていく不動の道が見えている。木々の葉が道にへばりつき、雑草が蛇の死骸のような道の上に生い茂っている。

谷間の切れ目から向こうを見ると、狐のように赤茶けた集落が見えてくる。

「あれだよ、オービニャーヌに通じている道は」とミシェルが言う。「それほど往来があるとは思えないな。さあ、ここまで来たので、みなさん、乗車してください。親父さん、お嬢さんたちにぴったりと詰めてくださいよ。温まりますからね」

礼拝堂（？）の廃墟

デルフィーヌ嬢のはちきった太ももが、長靴の縁からむっちりはみ出ている。彼女が踏み台に足をかけるとき、ミシェルが彼女の太ももを見つめているのを彼女は心得ている。片脚を空中にあげたまま動きを止めて、彼女は訊ねる。

「それじゃあ、小父さん、あの向こうのまったく生気が感じられないところがオービニャーヌなのね？」(39)

時が流れる。第二部の第三章。間もなく物産市が開かれ、パンチュルルが見事な小麦を売るという場面を前にして、ふたたび乗合馬車が登場する。物語の冒頭では馬車は正午にヴァシェールに着いていたが、今では、どうした風の吹きまわしなのか、十時に到着してしまうということになっている。何かが大きく変わったということが暗示されているのである。

丘に登っていく道の傾斜はすでにゆるやかになって

きている。すでに、丘の上の森の林縁と枯れ草が見えている。

「あんたのこの灰色の馬はどうしたんだろう?」

左の馬は、森に穴を穿っている谷間の方に頭を向けている。その馬は鬐甲《きこう》を揺り動かし、首を長く伸ばし、谷底に向かっていないないている。

「ああ! またあいつの癖がはじまった。好きなようにやらせてやろうじゃないか。どういう風にしてこんな癖がついてしまったか、あんたには分からんだろう? はじめは、あれはたしか五月のことだったなあ……。ここから、オービニャーヌの丘が見えるのは分かるだろう。ほら、あそこだよ。俺たちはこんな調子で坂を登っていた。あいつが歌いはじめたんだ。そのときはそれほど気にもしなかった。次の日も、また次の日も、ずっと、同じ場所で同じことが起こるんだ。しかも、あいつはいつも頭を同じところに向ける。『あそこにはいったい何があるんだろうか?』こう思って、俺は見つめる。向こうのオービニャーヌは、普段はトウモロコシのように赤茶けているんだが、青物で青くなっていた。深々と美しい植物が生えているんだ。あの馬はそれに気付いていたんだ」

「そんなことに気がついていたとは……」

「そうなんだよ」

さて、彼らは高原にたどり着いた。馬たちは速歩を取り戻す。大気の暑さも控えめになる。

「ほら、見えるだろう。どこでもこんな風なんだ」とミシェルは言う。

廃墟

草のあいだに見える切り株ともぐら塚のような麦藁の堆積を、彼は鞭で差し示した。(40)

「狐のように赤茶けた集落」とか「あの向こうのまったく生気が感じられないところ」と形容されていた村に、今では「深々と美しい植物が生えている」のである。小麦が収穫されたあとの「もぐら塚のような麦藁の堆積」まで見えるようになった。かつてのパンチュルルは狩猟を生業としてその日暮らしに明け暮れていたのだった。そのパンチュルルが伴侶を得て、生活の安定を求めて農業に精出した結果、寒村がよみがえったのである。農業は穏やかで豊かな暮らしをもたらすというこの作品の基本的な姿勢が力強く前進していくのが感じられる。物語の最後では、三人の子供を持つ夫婦が隣人として村に住み着き、アルシュールには間もなく赤ちゃんが授かるだろうと書かれている。

こうした復活の支えとなったのは、息子の家族とともに暮らすために村を去っていった鍛冶屋のゴーベールがパンチュルルに提供してくれた犂であり、魔術のような誘引力を発揮してアルシュールをパンチュルルの家の前まで連れてきたマメッシュであった。

まずゴーベールの出発の日、彼が大切にしていた重い鉄床《かなとこ》をパンチュルルが運んでやっている場面を引用しておこう。鍛冶職人のゴーベールにとって、鉄床は命の次に大切なものである。ゴーベールは息子の家族とともに暮らすためにオービニャーヌを立ち去っていくのだが、かならずしも幸福な生活が待っているとは限らないのである。

それはきつい仕事だった。とりわけベルジュリの森を通り抜けるのは大変だった。道らしい道がなくなってしまっていた。彼はまずゴーベール親父の手を引いて運び上げてから、鉄床をとりに下りていった。

ゴーベールは上から見つめていた。そして言った。

「そこで、右手に生えているタイムをつかむんだ。足を石の上に置くんだ、その左の。その草をつかんだら駄目だ。枯れてるぞ。そうだ。悪いな」

肩の盛り上がったところで鉄床を担いでいるパンチュルルは、土砂の堆積を乗り越えるのに難儀していた。そして時おり「ちくしょう」という言葉が口から出てきたが、そのたびに彼は一メートル登ることができるのだった。

廃墟

頂上に到達すると、彼は鉄床を枯葉の上に放り投げた。楽になった身体は冷たい空気をいっぱい吸いこんだ。汗が流れこみちくちくする目を、彼は拭った。そして笑いはじめた。

「何とかこいつを運び上げることができた！」

ゴーベールも笑いはじめた。一番の難局が突破できたので、心が温かくなってきたのだった。鉄床が本当にそこにあるかどうか確かめるために包みを少しだけ開いてみた。鉄床は無表情に横たわっていた。

「こんなに迷惑をかけているなんてことを、こいつは何も分かっていないな」

そして、パンチュルルは自分の考えを辿りはじめた。

「つまり、そういう風に、息子があんたを呼んでいるのかい？　それとも、あんたが時々愚痴をこぼしたのかな？　オービニャーヌからあんなに遠く離れたところにあんたは住みつけるのだろうか？　あんたはオービニャーヌで生まれたんだよなあ？　おそらく息子の方であんたが必要なんじゃなかろうか？　台所の隣があんたの部屋だって？　ベリーヌのことだって、うまくいくかどうか分かったもんじゃないぜ」

　ゴーベールは頭をうなづいて「そうだ」とか、頭を横に動かし「そうじゃない」とか応じるが、口はきかない。

　村はもう見えない。すっかり毛羽立った丘の肩が見えるだけである。風がその木々を逆立てている。[41]

　アルシュールと暮らすようになったパンチュルルが、農業の必要性に気付き、畑を開墾するための犂を作ってくれないかと頼むためにゴーベールを訪問するが、ゴーベールはもう身体を満足に動かせない状態になっていた。そのゴーベールが自作の犂をパンチュルルに譲ってくれた。

　ゴーベールが指示した通りに組み立てた犂を使ってパンチュルルは畑を耕す、希望に満ちあふれた光景は次のように描かれている。

　こうして、いよいよ幕が上がる。

　目印になるようにわざと残しておいた茂みまで、彼はまっすぐ線を引くだろう。それが中心の畝になる。他の畝はそれと平行して伸ばしていく。そして、ここから向こうの若いヒマラヤスギにいたるまでくまなく畝に覆われるようになり、その畑が屋根瓦のように見えたら、しめたものだ。さあ、前進だ！

犂の鋭い刃を土のなかに急激に打ちこむのに、動物を殺す猟師の本能が役に立つ。大地は呻いた。大地は譲歩した。鋼鉄が素晴らしい土壌を切り裂くと、黒く肥沃な土が盛り上がった。そして、犂をひと押しするたびに、大地はもとの姿をとろうとした。大地は戦った。噛み付き、防衛しようとしているようだ。馬の顎からパンチュルルの両肩にいたるまで、すべてが激しく揺さぶられた。すぐさま彼は犂の刃を調べてみた。傷はついていなかった。しかしながら、厄介な石にぶち当たったのだ。

「それでも、乗り切るんだ」歯を噛み締めてパンチュルルは言った。

今では、舟の舳先に似た大きな刃物が大地を鎮圧しながら航行していく。

「さあ、ネーグル[馬の名前]よ、もう少し引っ張るんだ。怠けるなよ」

耕作は快調に易々と進んでいく。そうすると、太陽が丘を飛び越え、昇ってきた。さらに、アルシュールが小川を飛び越え、上がってきた。[42]

こうして犂に成り代わったゴーベールが、オービニャーニュの再生を力強くあと押しすることになる。

一方、パンチュルルのところに彼の女房になる女を連れてきたマメッシュは、雨が降っていた荒野で力が尽き、事切れていた。アムルーから借りてきた小麦の袋を担いで帰る途中、パンチュルルはマメッシュの死体を発見する。

マメッシュの夫が、かつてオービニャーニュの井戸を掘っていたときに生き埋めになってしまった、その井戸の中にパンチュルルはマメッシュの遺体を投げこむ。

その前夜、急激で重々しい雨が降った。雨は森林を押しつぶした。木の葉が落ちた。むきだしになった枝の骨が黄葉した葉叢を突き刺している。高原の草も押しつぶされてしまった。縦横になぎ倒された草は、さまざまな方向に渦を巻いている。

「冬はもうそこまで来ているのね」とアルシュールは言う。

彼女はパンチュルルのあとを歩いている。彼らは高原の縁に来ている。そこは彼女があれほどの恐怖とあれほどの恋の興奮を同時に味わった場所である。あの時のことを彼女は考える。彼女を結婚に導いてくれたのは風だと思う。彼女の人生はやっとあそこからはじまったのだ。それ〈以前〉はほとんど何の意味も持たない。彼女はあのことをしばしば考える。回復した病気のことを回想するように。そして、彼女があのことを考えるとき、そのすぐあとで生身のパンチュルルの姿を見つめる必要がある。ついに彼女は平穏に暮らせるようになった。あらゆる喜びを味わっていると言ってもいいであろう。

その高原では、夜のあいだずっと雨が草を押し潰していたのだった。

急にパンチュルルは立ち止まり、袋を地面に投げた。両腕を開いて彼は道を阻み、アルシュールを自分のうしろにまわす。

「動かず、ここにいるんだ」

彼は草のなかに三歩進み、足元を見つめる。

何か考えているらしい。戻ってきて、ふたたび袋を担ぎ、アルシュールの腕を取り反対側の草叢を越えて向こう側に出ていった。

その日、彼はずっと不可思議で不安な気持を味わった。彼は何も決心できなかった。彼は麦粒を量ったが、他のことを考えながらそうしているのが明らかだった。それから、彼はすべてを投げ出し、出かけていった。村に上がった。マメッシュの家のドアを肩で押した。ドアは床板の上に倒れた。彼は家のなかに入った。

テーブルの上に置いてあったシーツを広げようとした。

ぼろぼろになっていた。鼠や他の動物たちがそのシーツをすっかり痛めつけてしまったのだ。うしろの休閑地を通って家に降りてきて、アルシュールが水を汲みに出かけるのを利用して素早く家に入った。何かを探しまわり、考えていた。

「いったいどこに置いているんだろう?」

ついに、疲れ果てた彼はベッドのところに行った。ベッドは整えられていた。手の甲を大きく動かしてシーツをはがし、彼とアルシュールがいつも寝ているそのシーツを手に取った。アルシュールが下の台所に入ってきたので、丸めたシーツを腕に抱えて窓から飛び降りた。

彼は高原に出ていった。そして、何かをくるんだシーツを持って戻ってきた。よく乾燥した短い枝を束にしたような小さな包みである。かさかさと音がする。上に何か丸いものがついており、西瓜のようにぐらぐらしている。滑り落ちそうだ。彼はその周りにシーツを四、五回巻きつけた。

彼は共同井戸のところにやってきた。刺のある植物が生えているので、大きな身体で茂みを押し開いて縁石のところまで辿りつく。包みを縛りつける。その包みに大きな石を二個くくりつける。新しい鉄のように輝いている黒い水を彼は見下ろした。

そして彼は包みを投げこんだ。すべてが水に飲まれてしまうまで、彼は見つめていた。

彼はしばらくのあいだ井戸の縁石にもたれていたが、やがて、大きな声で独り言を言った。

「つまり、彼女が行きたかったのはここなのだ(43)」

こうしてマメッシュは亡き夫が埋められてしまった井戸の中で、夫と一緒になることができた。この間の事情をパンチュルルはアルシュールに説明する。アルシュールは、自分をパンチュルルのところまで引き寄せてくれたのはマメッシュだったということを理解し、そのことをパンチュルルに詳しく語る。マメッシュの夫が井戸に飲みこまれてしまったあとで生まれた坊やもまた、水辺で彼女が柳の枝を使って籠を編んでいる周辺で遊んでいるあいだに、毒人参を食べて死んでしまった。

何かが復活するには、別の何ものかの犠牲が必要だったのであろう。

アルシュールとジェデミュスがマメッシュに誘われてオービニャーヌまでやってきたとき、かつてその村を一度だけ訪れたことのあるジェデミュスは、活き活きとしていた頃の村のことをアルシュールに教える。

オービニャーヌは高原と同じ色である。村が前もって見えるということはない。彼らはいきなり村に着いてしまった。

「昔、一度だけここを通りかかったことがある。あの頃はまだ何人かの住人が暮らしていた。ジャン・ブランという男が教会広場にいたはずだ。ちょっと見に行こう」

教会前の広場は今では草が生えているだけだった。ジャン・ブランの戸口には釘が打ち付けてある。

「向こうの通りにポール・スベランがいたし、オジアス・ボネという男は食料品店を開いていた」

ドアが開け放たれ、暗い内部が見えている家がある。入口に足を踏み入れると、家は洞窟のように鳴り響く。まるで骸骨だ。それ以上の何ものでもない。目が暗闇に慣れてくると、金と光でできた樹木のようなものが闇の奥に見えてくる。それは土台から屋根瓦にいたるまで主要な壁に沿って走っている大きな裂け目である。

「パンチュルルと呼ばれていた男も母親と一緒に暮らしていた。あいつは村はずれの、ほらあの下の方の、糸杉のそばに住んでいた。さあ、降りていこう」

そこでもまた、ドアは閉ざされていた。しかしながら、薪割り台があり、斧で薪を割った形跡がうかがえる。薪割り台には新たな切りこみがあるし、木っ端くずが草の上に飛び散っている。ドアの下へとまっすぐ通じていく小径は、まだ人が往来していることを物語っている。さらに、糸杉の枝にぶら下がっている羊毛でできた青いベルトが、風に揺れている。よく見ると、そのベルトは古い。

「ああ、男が住んでいるんだ！」ジェデミュスは叫ぶ。

さらに彼は言う。

「この男が出ていったのはそんなに前のことでもないぞ(44)」

さて、近隣の農民が不作で苦しんでいる年にもかかわらず、パンチュルルは見事な小麦を生産し、バノンの物産市で首尾よくそれを売ることができた。パンチュルルが作った素晴らしい小麦の噂を聞きつけて新しい家族がやってきて、彼らの隣人になった。自分たちには間もなく新しい生命が生まれてきそうだし、アルシュールとパンチュルルは農民としての力強い足取りで前進しているのである。物語の最後は以下のように締めくくられている。

そこに立ちつくしている彼は、そのとき、急に、自分が大きな勝利を得たことを了解した。彼の目の前を昔の大地の映像が通りすぎていった。それはとげとげしたエニシダや小刀のような雑草が生えているしかめっ面をした毛深い大地だった。彼はかつては自分が恐ろしい荒地のような存在だったということを、不意に思い出した。かつての彼は、荒れ狂う強い風に翻弄され、ありとあらゆる脅威にさらされていたのであった。生命を持ったアルシュールの助力なしには、彼はとてもそうしたものに立ち向かうことはできなかった。

今、彼は自分の畑の前に立っている。茶色のコールテンの大きなズボンをはいている。まるで自分が耕した畑の一部を身にまとっているようだ。身体に沿って両腕を垂らしたまま、彼は動かない。彼は勝利をおさめた。闘いはもう終わったのだ。

彼は、まるで柱のように、大地にしっかり突き刺さっている。(45)

ルドルチエの廃墟を訪れ、『二番草』の物語に思いを馳せると、小説家が物語を構築していく作業の奇想天外に思いいたる。

今では水も流れてもいないところに小川を流し、小川のかたわらにパンチュルルの家と糸杉を配置し、さらにその小川が流れ落ちる三段の滝まで設定し、パンチュルルがその滝を滑り落ちて気絶し、マメッシュの魔法が連れてきたアルシュールの介護のおかげで息を吹き返し(復活し)、そのアルシュールとの結婚も実現し、ゴーベールの犂のおかげで小麦畑の開墾が実現し、素晴らしい小麦を生産するにいたるのであった。廃村寸前の集落がこうして再生することになった。

第五章　ヴァランソル高原

ラヴァンダンは六月に開花し、少しずつ花を膨らませていき、七月終わりから八月初めにかけて最盛期を迎える。刈り取られるのは、年によって多少の相違はあるが、八月の初旬頃である。ラヴァンダンが咲いているヴァランソル高原には芳香が漂い、高原はラヴァンダンの紫色で染められる。普段は観光客とは縁のないヴァランソルだが、ラヴァンダンが花咲く頃のヴァランソル高原は観光客で満ちあふれる。明らかに観光客のものと分かる車が、ヴァランソル高原の道路を走り、観光客はラヴァンダン畑のなかに入り写真を撮影する。大げさなポーズをとって写真を写す観光客もいる。村の中央にある村役場周辺のレストラン・カフェや土産物屋も賑わいを見せる。駐車場も車でいっぱいになる。あちこちにラヴァンダン・オイルやラヴァンダンの蜂蜜などを扱う店が開いている。

日本では英語を使ってラヴェンダーと言うのが普通だが、フランス語ではラヴェンダーのことをラヴァンド(Lavande)と言う。ヴァランソル高原で栽培されているのは、正確には、ラヴァンドで

丘の上の村、ヴァランソル（中央奥は教会）

はなくて、ラヴァンダン(Lavandin)である。ラヴァンダンは、ラヴァンドとアスピック(Aspic)の交配種で、ラヴァンドに比べて生産性が高い。一キロのエッサンス(Essence、精油)を得るのに、ラヴァンドは約五百二十キロ必要なのに対してラヴァンダンなら約五十キロでいい。ちなみに、一九九九年のフランスでの収穫量は、ラヴァンドが五十トンで、ラヴァンダンは千百トンである。圧倒的にラヴァンダンが多いのだ。もちろん、ラヴァンドのエッサンスの方が高価である。

すでに取り上げたル・コンタドゥール高原に植わっているのはラヴァンドである。シストロンより北で栽培されているのは大抵ラヴァンドであると言うことができる。つまり標高の高いところや、北の方ではラヴァンドが栽培されているのである。[46]

ヴァランソルのラヴァンダン畑は、観光客が多いということと関係があると思われるが、雑草がほとんどない。やはり、美しいラヴァンダン畑を見せたいとい

広大な高原のまんなかにヴァランソルの村がある

う気持の表れであろう。マノスクの友人たちによると、除草剤を用いているので雑草が生えないのだそうだ。例えば、観光客がほぼ皆無のル・コンタドゥール高原のラヴァンド畑には種々の雑草が生い茂っていることが分かる。同じことは小麦畑にも言える。除草剤が蒔かれていない小麦畑には赤いヒナゲシが咲き誇っていることが多い。雑草のことをもっとも熱をこめて私に指摘したのは知人の養蜂家だった。除草剤の被害をてきめんに受けてしまうのが蜜蜂だからである。蜜蜂は繊細な昆虫なのだ。除草剤を多用すれば、たしかに雑草が減るので農作業は便利になるが、その代わりに蜜蜂が死滅する。蜂蜜の生産高が減るだけでなく、被害は拡大していく。果樹が結実しなくなるのだ。この悪循環は何としてでも防ぐ必要があるというのが知り合いの養蜂家の考えである。

『大群』において、たった一人の羊飼いともにヴァランソル高原を移動する羊の大群は次のように描写されている。

羊たちの先頭に立っている男は、ひとりきりだった。

彼はひとりだった。それに年寄りだった。疲労のあまり死にそうだった。引きずっている足や、手が持ち運んでいる杖の重さを見るだけで、そのことは想像できる。しかし、彼の頭は計算と意思で満たされているにちがいなかった。

頭の先から足の先まで彼は埃でまっ白だった。街道の動物といったところだ。全身まっ白になっていた。

彼は手で帽子を後ろに押しやり、重い拳で目を拭った。そうすると、まっ白な身体のなかに、二つの大きな赤い穴が現れた。それは汗が流れこみ充血している目だった。彼は毅然とした目つきでそこにいる人々のすべてを見つめた。ひと言も言わず、口笛も吹かず、何の身振りもせずに、彼は街道の曲がり角を曲がった。そうすると、彼の目が街道の右側の端に沿って奥まで延びていっているということがみんなには分かった。そして彼は万事を読み取ったのであった。苦労と太陽とを。彼は腕を振るって帽子を顔のところまで下げ、両足を引きずりながら通り過ぎた。

彼の後ろには、荷鞍を乗せた小ラバも、大籠を背負ったロバもいなかった。そういうものは何もいないのだった。ただ、羊たちより三歩前を、男のすぐあとに続いてまっ黒の動物が歩いていた。腹の下から血を滴らせていた。

その動物は曲がり角を曲がった。クレリスタンは眼鏡をかけた。彼は鼻に皺を寄せて、その動物を見つめた。

「だけど、あれは雄羊だぜ」彼は言った。「羊の親分だ。雄羊だよ！」

彼の周りにいた者たちはすべて、頭を振って「そうだ」という合図をした。雄羊が砂埃の上にぽとぽとと血を垂らしている様子がうかがえたし、街道で生じた不幸を踏み越えて一歩また一歩と前進していく男の強固な意志も理解できた。

クレリスタンは帽子を脱ぎ、すべての指を使って頭を掻いた。ビュルルは窓から身を乗り出して、可能な限り遠くまで血を流しているその雄羊の姿を目で追った。彼はかつて羊飼いの親方をやっていたのだった。彼はなお身体を乗り出したので、湿布が胸毛からはがれてしまった。

「命の無駄使いだ」彼はこう言った。「命の無駄使いだよ……」

ついに、彼は湿布を貼りつけ、後ろに下がり、錠をがちゃりと架けて窓を閉じた。

年老いた羊飼いはすでに遠くの、向こうで道が傾斜しているところまで進んでいた。羊たちはじつにゆっくりと彼の後についていっていた。ほとんど同じ体つきの羊たちが、泥の波のように、押し合いへし合いしていた。そして、羊たちの毛のなかには山の大きな蜜蜂たちが、死んでいるのか生きているのか判然としないが、閉じこめられていた。花や刺なども毛についていた。まだ緑色の草が羊たちの脚にからみついていたりした。羊たちの背の上をよろけながら歩いている大きな鼠もいた。一頭の青い雌ロバが群れのなかから外に出て、両脚を拡げて立ち止まった。ロバの子が、大きな頭を揺り動かしながら前に進み、乳房を探し、首を伸ばして口いっぱいに乳を吸いはじめた。尾が震えていた。雌ロバは、森のなかの石のように苔むした美しい目で、男たちを見つめていた。時おり雌ロバは鳴いていた。ロバの子があまりにもせかせかと乳を吸ったからである。

羊たちは健康でおとなしかった。足を引きずって歩くような羊も今のところいなかった。ずんぐりと大きな頭は、目はどんよりしてはいるが、今でもなお山の影像と匂いを満載していた。前方には、群れを率いる雄羊の匂いや、浮かれた雌羊たちの恋の匂いが、さらに山の影像が流れていた。どんよりした目の頭は上から下へと踊り、山の影像のなかを漂い、昔の牧草の味をゆっくりと噛みしめていた。耳の羊毛のなかにねぐらを作りにやってきた夜の風、新鮮な草のなかでミルクのように横たわっている子羊たち、そして雨……！

羊の群れは水のような音をたてて流れる。道いっぱいになって流れていく。群れは道の両側で家や庭の壁にこすれる。乳を吸うのをやめたロバの子供は、陶酔状態だ。四足で地面を踏ん張って震えている。鼻面から乳が一筋流れ落ちる。雌ロバは子どもの目を舐め、向きを変え、立ち去る。そうすると子供のロバは母親のあとにつき従う。

別の雄羊がやって来た。私たちはそれがどこにいるのか探してみたが、見つからなかったのだった。鈴の音は聞こえるのだが、羊たちの背の上に突き抜けているものが何も見当たらなか

ラヴァンダン畑

った。私たちは群れの端から端まで探しまわったのだった。そしてついにそれは見つかった。それは黒い玉房をつけた雄だった。渦巻きのような形の二本の大きな角は、楢の枝のように広がっていた。両脇にいる二頭の羊の背の上に角を載せていたので、その雄羊は重い頭が持ち運ばれるままにしていた。立派に枝分かれした角を持つその頭は、雨嵐のときのデュランス河に漂う楢の切り株のように、羊たちの流れの上を漂っていた。歯の上と口のなかに血がこびりついていた。

街道の曲がり角で雄羊は道端に放り出された。雄羊は自分で何とか頭を持ち上げようとしたが、頭が雄羊を地面に引き下ろしてしまった。前脚の膝で格闘したが、ひざまずいてしまった。頭は、まるで生命のない物体のように、地面に放り出されていた。雄羊は後ろの脚でも格闘したが、ついに、羊毛の塊りが切り離されたような具合に、砂埃のなかを転がった。痛々しい小刻みな動きで太腿を開いた。血の泥のような股間には、蝿や蜜蜂が動いていた。紐のような太さの神経だけで腹と繋がっている赤い内臓が見えていた。

ビュルルが窓辺の窓ガラスの向こうに戻ってきた。彼が唇を動かしているのが見えていた。

「命の無駄使いだ！　まったく命の無駄使いだよ！」

そしてクレリスタンは大声で自分に向かって話していた。彼は誰かに何かを言っているわけではなく、そういう風に、前に向かって、何を求めるということもなく、息子たちが街道の彼方に出発してしまって以来彼のなかに居座っているその大きな不幸を吐き出すために話しているのだった。

「いったい何をすればいいのだろう？」彼は言った。「俺たちは兵士の家系じゃないぞ！　それに俺の次男は白くて弱々しい男だ。長男の足も柔弱なんだ！　身体のなかのどこかが悪いからだろう。俺には分からない……。何という不当な仕打ちなんだ！……」

彼は帽子を手で持っていた。湿っている緑色の目は私たちにはよく見えていた。群れのなかに入っていった雌ロバの目のように、彼の目にも苔が生えていた。(47)

羊飼いの大半が戦場に駆り出されてしまっている。羊飼いがひとりしか見守っていない羊の大群が彷徨っているように、ヴァランソル出身の若者たちを含めた多くの兵士たちが戦場で彷徨い歩くというのがこの物語のテーマである。兵士は迷走し、あるものは死亡し、またあるものは負傷し、

ラヴァンダン畑

障害を負ってヴァランソルに帰ってくる。群れについていけなくなった一頭の羊をヴァランソルの住人が預かる。その羊を、羊飼いが引き取りに戻ってくる場面で物語は終わっている。

ヴァランソル高原はほとんど凹凸のない平坦で広大な高原である。冬は地面を削るような強風が吹き荒れるのだろうと想像できる。気晴らしの要素はきわめて乏しいのかもしれない。ヴァランソルの暮らしがあまりにも退屈なので、居酒屋を経営しているジュリは半ば狂人のような大男と一緒に暮らしていたとジオノは語っている。大男は何度もジュリの首を絞めるのだが、限界ぎりぎりのところでジュリが男の膝を蹴ることにより、ジュリは死なずにいる。ジオノは次のように語っている。

ジオノ　男は自分の仕事に専心する。彼は樹木を切り、森を切る。そのあと、ジュリの居酒屋にやって来ると、彼はワインを飲み、ワイン以外のものは彼には存在しないも同然になる。彼には現実離れした要素が必要になるのです。この荒唐無稽な要素だけが男を退屈から紛らせてくれるのです。「目の前にいるこの女を難なく絞め殺すことだってできるだろうな！」と言いながら、男は気晴らしを見出す。しばらくのあいだそう思いながら男は楽しんでいる。そのとき男はまだ危険ではない。しかし、そのあと、男はジュリに飛びかかり、彼女を絞め殺そうとする。同じく退屈しているジュリも、男が自分を絞め殺そうとしてもまずいとは思わないのです。彼女の方も感動的な気晴らしを感じているわけなのです！　彼女はほとんど絞め殺される瞬間まで男にその遊戯を続けさせる。男を足で蹴ることによりかろうじて死ぬのを免れているのです！　こうした遊戯は、私がジュリを訪問するまで、何日も何日も、日曜日が来るたびに繰り返し続けられていたにちがいないのです。ジュリが本当に殺されるのを避けることができたのは、彼女ががっしりした体格の女で、ぎりぎりのところで防御できたからなのです。男はそれ以上絞めつけようとはしませんでした。おそらく彼も充分に喜んだし、充分に楽しんだからです。パスカルの言う「気晴らし」を存分に味わったわけです。「気晴らし」とはじつに的確な言葉です。(48)

じつは、ここにははっきりと書かれていないが、首を絞めつけると快感が得られるということをジオノはある文章で書いている。首吊りを疲労回復の手段として習慣的に行っている村がフランス

ヒマワリ畑

の山のなかにあるというのである。誤って死んでしまった人がいるとか、死んだりすることは絶対にないというような注釈めいたことをジオノは一切付け加えていない。こんなことを何度も繰り返していると、時には死にいたる人もあったと考えるのが妥当であろう。ジオノの興味深いテクストを引用してみよう。

イヴェルディーヌの谷は地獄だと言われている。ところで、地獄はいたるところにある。山のなかでは人々はひとつの楽しみを持っている。フード付きマントで首吊りをするという楽しみである。それは首のところが革紐で締まっている革製のマントである。三人がかりでやる。二人が三人目を持ち上げ、釘にマントをひっかけて彼を吊り下げる。革紐が締まり、頭のなかの血液が循環を止める。意識がなくなる。それはあまりにも心地よいのでしょっちゅうやってみたくなる。吊られた者は脚を三度動かす・最初動かしても彼に触れてはならない。そこが最良のところのようだ。さらに二度彼が脚を動かしてからでないと下ろしてはいけない。非常に優れた相棒［首吊り人］たち（非常に名の通った首吊り人たちには小銭を与えることまでする。戦前には三フラン与えていた。今では百フランも与える。非常に裕福な羊飼いたちは、非常に太っているということもあり、自分たちの首を吊ってくれて早すぎでもなく遅すぎでもなく下ろしてくれる二人の首吊り人にそれぞれ千フラン与えることだってある）、非常に優れた相棒たちは二分の一秒もはずれることのない正確な瞬間を心得ており、首を吊ってもらっている男が全面的に完璧に心地よい時を味わったときに彼を下ろす。こうしたことは同じく家族のなかでも行われる。母親が息子や娘の首を吊り、夫が妻の首を吊る。父親が首を吊ってもらい、祖父や祖母までが首を吊ってもらう。吊られている者が二度ひかがみを動かすのを待って彼らを下ろす。それで二十四時間あるいは四十八時間はもつ。それは性格の問題である。ふたたび我慢できなくなると、「母さん、ちょっと吊ってよ」とか、「子供たちよ、ちょっと吊ってくれないか」とか、「ジュール、あんたが来るのを待ちわびていたんだ。スープはできているし、靴下も繕った。一回吊ってくれないかね！」などと言うことになるだろう。これは最近になってできた習慣ではない。非常に古くからある習慣だ。一〇〇〇年までさかのぼるか、もっと以前からのことなのか、誰も知らない。それはいつも行われていたのだ。もしも誰かに訊ねてみたら、「ジャンヌ・ダルクの時代には行われていた。そして、おそらくキリストの時代にも行われていた。あるいはもっと以前から」などというような返答が返って

インモルテル（高級化粧品用の植物）畑

くるだろう。その土地がここ以上に地獄だというわけではない。それはそういう土地だ。どこでもそうなのだ。

行っていたところから戻ってくると、彼ら「首を吊ってもらった人たち」はうっとりしている。何が見えたか彼らに訊ねてみるがいい。何も！　何が生じているのか？　何も。彼らは自分の唇をなめる。最後に希望を与えていたのはこの何もないということである。これこそ窮余の一策と呼ばれているものである。(49)

引用文中のイヴェルディーヌ（Iverdine）という村が実在するのかどうか不明である。フランスでレンタカーを運転する時に利用する道路地図(50)の索引にはこの地名は見当たらないし、書斎に置いて時どき利用している分厚い地図帳(51)の索引にもこの地名は掲載されていない。おそらくジオノが創作した地名であろう。あまりにも突飛な習慣なのであえて紹介することにした。もちろん、空想の話が大好きなジオノのことである。ここでも大法螺を吹いているのかもしれない。

じつはジオノの自伝的な物語『ジャン・ル・ブルー』のなかでもこの首吊りと関係がありそうな場面が見られる。数名の首吊り自殺があった後で次のような場面が描かれている。

ラファエル、ルイ、アンヌ、マリエット、ピエール、チュルクそして私を加えた私たちはピエリスナールの牧場へ遊びに行った。それは集落のはずれにある荒れ果てた庭だった。イラクサとイバラしか生えていなかった。斜面の砂を掘って遊ぶためにはそっと掘り進む必要があった。その砂のなかには蜥蜴が冬眠していたからである。

「首吊りにしてほしい？」とラファエルは言った。

「してほしい」

彼は自分の革の帯をマリエットの首に通した。みんなは少女を枝の高さまで持ち上げた。そして彼女を吊るした。彼女はイラクサの上に落ち、咳こみ、吐き、とろんとした目で私たちを見つめた。

「青色が見えたわ」と彼女は言った。

「どんな青色だって？」

「目を閉めるのよ、そうすると頭のなかが青色でいっぱいになるのよ(52)」

高原の東端の村、サン＝ジュルス（手前はソージュ・スクラレの畑）

これは、ジャンがもっと筋肉をつけてたくましくなるのを期待して、父親がジャンをコルビエールに住む羊飼いのマッソに預けてからのことなので、コルビエール周辺で子供たちが遊んでいる光景である。気持よかったとまでは言っていないが、「とろんとした目で私たちを見つめた」マリエットは「頭のなかが青色でいっぱいになる」と言っている。首を吊ってほしいと自ら申し出ていることから判断して、おそらく何らかの快楽が得られるのが分かっていたのでそう言ったものと想像できる。この場面は、最初、何を意味するのか私にはまったく分からなかったが、イヴェルディーヌの首吊りの習慣についてジオノが書いている一節を発見して、やっと理解できた次第である。

退屈しきった人間がどうするかということをジオノは『気晴らしのない王様』で追究してみたのだが、この物語はル・トリエーヴで展開するので、ここではもうこれ以上は論じないことにしよう。

これまでヴァランソル高原の暗い側面を強調しすぎたかもしれないが、夏のヴァランソル高原を訪れたら、紫色のラヴァンダンで覆い尽くされた高原でラヴァンダンの芳香に包まれ、無数に飛び交っている蜜蜂の眠りを誘うような心地よい翅音を聞いていると至上の幸福を味わえるのは間違いないであろう。紫色の牧草のソージュ・スクラレや化粧品の材料として珍重されている黄色のインモルテルや向日葵の畑の写真も掲載しておこう。

第六章　ル・トリエーヴ

二〇一二年の六月十二日から一週間、ル・トリエーヴの県道一〇七五号線沿いのホテル〈ル・シャモワ・ドール〉（黄金のカモシカ亭、標高は約九百メートル）に私たちは宿泊した。ジオノがしばしば夏の休暇を過ごしていたこの地方をいくらかなりとも詳しく知るためである。

東にはロビウの頭（二七九三メートル）やグラン・フェラン（二七五八メートル）の連山があり、西方には孤立した垂直の岩山、モン・テギュイユ（二〇八六メートル）、さらにその西にはグラン・ヴェモン（二三四一メートル）を中心に南北に連なる連山がある。こうした高山に取り囲まれている盆地、ル・トリエーヴには小さな村があちこちに散在している。もっとも大きな村はマンス（千百人）[53]であり、そこには複数のレストランや宿屋がある。その他の村、例えばクレル（三百人）にはレストランと食料品店がそれぞれ一軒ずつあり、モネスチエ＝デュ＝ペルシ（百人）にも同じくカフェと食料品店がある。十年以上前に訪問したときにプレボワ（百人）の広場に面して一軒あったレストラ

ル・トリエーヴ地方、正面奥の山はグランド・テット・ドゥ・ロビウ（2793メートル）、右奥の山はグラン・フェラン（2758メートル）

ンはなくなっていた。ジオノの記念館（Espace Giono）があるラレ（三百人）にはレストランも食料品店もない。すぐ隣のサン＝モーリス＝アン＝トリエーヴ（百人）には食料品店が一軒ある。ホテルのすぐ北東に見えている美しい村、ル・ペルシ（八十人）には何もない。しかしながら、例えばサン＝モーリス＝アン＝トリエーヴの小さな店で夕食用のビールを三本買った翌日、もっとビールはあるだろうと期待して行っても、前日買ってしまったビールが最後のビールだったりする。つまりこれは孤立した盆地なのである。以上は二〇一二年の状況だから、今では変化している可能性もある。

　ホテルでは、最初の二、三日は相客があったが、そのあとの数日間泊まり客は私たちだけだった。ホテルの経営者夫婦は私たちが何故一週間も滞在するのか不可解のようだったので、ある時、私はジオノのことを調べるためにこの地方のいろんな村を訪問

ル・ペルシ

していると説明した。ついでに、ラレにあるはずのジオノの記念館はどこにあるのだろうか、いくら探しても見当たらないがと訊ねてみた。金曜日の午後のみの開館となっており、それ以外の日には閉まっている。閉館されている日には案内の表示もないというようなことが分かってきた。ご主人のチエリさんは記念館まで行って数冊の本を借りてきてくれた。

ジオノは『気晴らしのない王様』、『山のなかの闘い』、『強靭な魂』などいくつかの物語でこの地方を舞台にしているが、ジオノがこの地方をどのようにとらえていたのかがよく分かる文章がある。引用してみよう。

その壮麗な秋の夕べ、牧草地を横切りながら、こうした事柄を私はあれこれ考えている。そしてついに太陽が姿を現す。その太陽は、靄の天井の下まで身をかがめている。羊の群れが休息しているアルシャ山と、ラ・タゼルの岩壁のあいだに、太陽は今滑りこんでいく。その太陽は辛辣で赤い。太陽の光線が輝くのと同時に風も吹いている。赤い翼の羽ばたきによって朽ち果てていく下草の匂いを舞いあげる鳥のように、太陽は地上をかすめながら飛翔している。私の周囲に見えているこの世界の断片は、魔法のような立体感を見せている。光は人間の高さにある。牧草地のごく小さな屈曲まで陰に満たされ、もっとも丸い草の波まで太陽の光を浴びて泡立っている。樹木たちはお互いに離れ離れになっている。茂みのなかで生育し、互いに接触し合っている樹木もその例外ではない。私たちはあらゆる葉を見ることができるが、じつにおびただしい数の葉があるものだ。さらに、茎や、枝や、太い枝や、幹なども見える。何物も漠然と混ざり合ってしまうというようなことにはならずに、明晰な生命が、どのような小さな細部にもはっきりと現れている。［中略］

私はすべての村に入り、蹄鉄工の作業場の前に立ち、作業の様子を眺める、あるいは指物師の作業場や半月鎌を研いでいる人物の前に立つ。その研ぎ師は、小さな鉄床《かなとこ》を地中にめりこませて、頭が平らな金槌で半月鎌を叩いている。私はありとあらゆる村に入り、「泉はどこにありますか?」と訊ね、その泉で水を飲む。私は「火はありますか?」と訊ねる。そうするとパイプのための火が提供される。私は訊ねる。「小麦の収穫のあとではどういう状態ですか? そのあとの牧草は、二番草ですか、それとも三番草ですか?」そうすると、「ああ! 二番草です。土地が痩せているので、三番草まではとても収穫できません。」私は村に入り、「旅籠は

モネスチエ＝デュ＝ペルシ

どこにありますか？」と訊ねる。私は旅籠に入り、話し合っている人々のそばに坐る。今宵、私は、この広い地方のありとあらゆる村、つまりサン＝ミシェル、プレボワ、サン＝モリス、ラレ、トレミニ、サン＝ボディーユ、モヌチエ、こうした村の旅籠という旅籠に同時に入り、話し合っているすべての人々のすべてのテーブルに坐る。村の司祭館や小学校のそばの住人、食料品店の正面の住人、あるいは農場や小作地や納屋（プレドゥロ、ラ・コマンダント、リュフィーニュ、ヴェール＝シェ＝レ＝プリュヌなどという名前の納屋）などからやって来た人々、こうした人たちはみんなそれぞれ善良な農民である。彼らの住んでいる村が、畑や樹木や風や森の音や高い山々の軋みなどにたっぷりと浸りきっている小

さな村だからである。［中略］
私には本当の世界の向こうにある知性を駆使して検討する必要がなくなってしまった。その種の知性は説明できない事柄を私に熱意をもって説明してくれるものであるが、あまりにも巧みに説明してくれるので、前に進んでいけばいくほど、それにつれて万事が後退していってしまうのである。あなた方の流儀に従って、私は純粋な武器を使って人間の苦悩に立ち向かうことにする（そして、ベルトラン夫人も、やはり純粋な武器を使って、人間の隷属という問題に立ち向かいはじめたばかりである）。あなた方の同業組合は多産であるとともに孤独でもある。あなた方は喜びの本当の理由を心得ている。もしも私たちがまだその喜びを掌中にするにはいたらないにしても、その喜びはすでに私たちのすぐそばまで来ている。素晴らしい世界が目の前に展開しているこの場所で、喜びは私たちのすぐそばに控えている。(54)

文明の発達から取り残されているようなこのル・トリエーヴで、私たちは人間にとって根源的な喜びを味わうことができるとジオノは考えているようだ。「喜びは私たちのすぐそばに控えている」のである。
このあと、この地方に特有の竈《かまど》を使っての住民総出のパン焼きの様子をジオノは描いてみせる。サン＝ミシェル＝レ＝ポルトという村（百人）の中央に竈が据え付けられている光景を写真で確認していただきたい。竈は小さな建築物なのである。

プレボワ

土曜の朝の五時、まだ夜の闇が濃厚に残っている頃、長い鉄の棒が石に当たる音が聞こえてきた。はじめそれは小さな鐘の音に思えたが、そのあと「いや、これは鐘ではない。いったい何だろう?」と人々は考えた。そしてみんなは目覚めた。それは広場の竈を掃除している音だった。真夜中から竈には火が燃え盛っていた。熾《おき》を取り除き、竈にパンを入れるために掃除したのだった。竈の周囲には、三、四人の女の姿が見えた。そして地面には、練り粉が入っている長い〈籠《かご》〉が、まるで巨人たちの子どものように産着をまとって横たえられていた[自分の新生児を食ってしまうクロノスに、その妻レアが産着でくるんだ石を子どもと思わせて食べさせたという神話への言及]。

そのあと、太陽が出てきた。パンが焼けている香りが漂ってきた。十時になると、子供たちが小学校から出てきた。彼らは急いで帰宅した。遊ぶために広場に残った子供はひとりもいなかった。ニコラ坊やだけが牧草地を越えていった。小川の近くにある製材所に住んでいるからである。気が進まないながらに立ち去っている。時どき立ち止まっては村の様子を眺めている。その時、村はすっかり沈黙に包まれており、パンの香りが漂っていた。

それから、七人の女が通りに出てきた。七人いたのは偶然のことである。最初は通りの突き当たりの畑の近くにひとりいた。もうひとりは煙草屋の近くに、さらにもうひとりは食料品店にいるといった具合であった。村全体が開いてくる感じだった。彼女たちは頭の上に大きな籠を載せて運んでいた。ゆっくりと歩いていた。子供たちがそのあとに従っていた。彼女たちは竈の方に向かっていた。それは土曜日の朝のことだった。村のなかで最初に竈に入れた大量のパンを出すところであった。ジャックの家のリュスがかぎ棒を手にとって扉を開いた。村には一年のうちのこの時期、もうそんなにたくさんの鳥がいるわけではなかったが、残っていた鳥たちはすべて竈の近くに生えている二本の小さな楓まで飛んできた。そして鳥たちはさえずりはじめた。子供たちも叫んでいた。小さな声の大合唱だった。さらに、いったい何事だと訊ねる男たちの声が聞こえ、やがて竈へと通じる道に彼らの足音が響いてきた。女たちの呼び声。今ではもうパンの匂いが強くたちこめていた。子供たちはいくらか離れたところで円を描いていた。大人たちに場所を譲っていたのである。男たちがその輪の内部に入り、「おお！　これ

サン＝ミッシェル＝レ＝ポルトの風景。中央、通りに面して大きな竈が見える。

は！」と言った。リュスは長いへらを使ってパンを引き出した。七つの籠が竈の前に並んでいた。リュスは「ノエミ！　ローズ！　ヴィルジニ！　エリザ！　ポーリーヌ！　アミシア！」と名前を呼んだ。アミシアという女は石工として働いているイタリア人の女房である。それから、彼女は「私」と言って、ひとつのパンを自分の籠に入れた。他の女たちは名前を呼ばれるたびにパンを受け取った。子供たちは小さな声で話していた。男たちは事態がきわめて整然としているのを見てとった。女ひとりにつき十二個のパンが配分された。籠のなかのパンは熱さではじけていた。リュスはかまどのなかをへらで探っている。子供たちはもう話していない。彼らは呼吸するのがやっとのことであった。彼らは竈の口を注意を凝らして見つめているので、自分でも気付かずに小さな身振りをしていた[55]。

たびたびル・トリエーヴに滞在していたジオノをア

ンドレ・ジッドが訪ねてきたことがある。パリの文化人、ジッドはこの土地の風習には戸惑うこともしばしばだったと想像できる。ジオノが味わっていたような喜びは、ジッドには縁遠いものだった。ジオノはジッドにまつわるじつに興味深い逸話をカリエールに語っている。ジッドとチェスを差すにはジオノは弱すぎた。

そこで、私たちはエファンタンのところに出かけていきました。彼はとても変わった男で、通行人がいないような道路に途方もなく大きな修理工場を構えていたのでした。わざと誰も通らないような袋小路のようなところを選んだのです。大きな工場でしたが、当然のことながら彼は破産してしまいました。そして、彼はどこかへ姿をくらましました。しかし、当時は、ジッドとチェスを指しにやってきたものです。彼らは小さなカフェでチェスを指そうということになりました。その村にはベルグという名前の、私がとても気に入っていた男で、『気晴らしのない王様』のなかの登場人物として利用させてもらうことになった密猟者がいました。このベルグという男はとても風変わりで、森のなかのありとあらゆる薬草を知りつくしており、そうした薬草を採集することによって生計をたてていました。彼は森のなかに出かけていきました。ひじょうに貴重で値段もとても高い各種の薬草がそれぞれどこに成育しているか、彼には分かっていたのです。採集してきた大量の薬草をグルノーブルの薬局まで持っていき、売っていました。多額の金を稼いでいたのです。アルニカ［ウサギギク属の薬草］などのきわめて貴重な薬草を、あの山の上のほうで採集するという仕事を彼は引き受けていたのでした。まるで自分のポケットのように森の隅々を見事に知りつくしていたのでできたことです。

しかし彼は漁師としても一流でした。彼は流れのなかでニジマスを手づかみでつかまえることができました。彼のニジマスとりに私は何回か同行したこともあります。彼はカエルもつかまえました。ポケットに一杯カエルを詰めこんでいることがよくありました。革製のポケットのついた革の上着を着ていた彼は、そのポケットにカエルを入れていたのです。

彼はこの奇妙なゲームに大いに興味を示しました。このゲームとはもちろん、駒を移動させるチェスのことです、彼はさまざまな駒が横に移動したり後ろに移動したりするのを観戦していました。彼はそのゲームの規則など何も理解していなかったのですが、興味だけは大いに持っていました。そこで彼はジッドのかたわらに陣取ります。ジッドはエファンタンとゲームをはじめるのです。ベルグは大理石のテーブルの上に三匹のカエルを配置します。大理石の冷たさで、しばらく前まで自分たちがつかっていた水を思い出したのか、大きなカエルたちはじっとしていました。カエルたちはベルグのポケットのなかでいくらか温まりすぎていたのでした。三匹のカエルはしゃがみこみ、静かにしていました。動かなかったのです。一方、ベルグはゲームを眺めていました。かたわらにはアニス酒のグラスを置き、時どき生きたカエルをつかみ、それを丸ごと飲みこみ、アニス酒で流しこんだのです。そして彼はゲームに没入しつづけました。ジッドは、その男がカエルを飲みこむのを見て、その光景にびっくり仰天しました。勝負に決着がつくたびに、彼は「この男は嫌だ！　この男は嫌だ！」と私に言いました。しかし、ベルグを立ち去らせるのは不可能でした。ジッドがそのカフェでエファンタンとチェスをしようとすると、ベルグはいつもジッドのかたわらで観戦しながらカエルを飲みこむのでした。最終的には、彼らは私のところにやってきてチェスをするようになりました。(56)

都会の洗練された文化人であるジッドはこの地方の習慣に馴染めない。森の薬草やカエルなどとジッドは、普段、無縁の生活をしているからである。ベルグにそのカエルは美味しいのか、そのカエルはどこで取ってきたんだなどと訊ねたりすることはないのである。ベルグとの心の交流はジッドにはできない。エファンタンとも友人にはなれないだろう。

自動車整備工のエファンタンは実在の人物で、ジオノの親しい友人だった。ジオノが書いているようにこの薬草採集の名人、ベルグは『気晴らしのない王様』で登場している。二十歳すぎのマリ・シャゾットが急にいなくなってしまった。そのあとラヴァネル・ジョルジュという二十歳の青年が後ろから何者かに襲われ、スカーフで首を絞められそうになった。さらに猟師のベルグまで姿を消してしまったのである。

それでも一八四四年の冬はやって来た。それだけではない。ベルグが消えた。皆はそのことにすぐには気づかなかった。彼は独身で、正確にいつ何時彼が世の中から消えたのかを言える

県道沿いのホテル「黄金のカモシカ亭」

者は誰もいなかった。彼は密猟をしていてまるでありそうもないものを追いかけていたし、自然を愛し一週間留守にすることもままあったのだ。しかし、一八四四年の冬には、四、五日経つと皆は心配になった。

彼の家では、何もかもが最悪の事態を思わせるような仕方で放置されていた。まず家のドアは開いていたし、彼のかんじきと銃はそのままあったし、羊の裏皮のついた上着は洋服掛けにかかっていた。さらに悲しいことには、兎の赤ワイン煮込みの残りが固まってこびりついている皿が（そこにはソースを拭きとったパンの跡が付いていた）、テーブルの上、ワインが半分満たされたグラスの脇にあった。きっと食事の最中だったのだ。何かが、あるいは誰かが外で彼を呼んだのだろう。彼はすぐに、たぶん口に入れたものを呑みこまないうちに、もう外に出ていたのだ。彼の帽子はベッドの上にあった[57]。

女が誘拐されると、その意図は分かりやすいが、二十歳の青年が襲われたり、猟師のベルグが急にいなくなってしまったりしたので、村の住人たちは得体の知れない恐怖に襲われるのであった。ひとりだけの行動は差し控え、数人ずつで行動することにして自衛することになった。

殺人者は発見された。不審な男がブナの大木から降りてくるのをフレデリックⅡがふと目にしたのであった。村人たちを殺害し、その死体をブナの大木の枝のなかに隠していた殺人者を発見したフレデリックⅡは、雪で覆われた道や原野を歩き、延々とその男を追跡していく。緊張感が張り詰める場面が続く。そして男がたどり着いたのがシシリアンヌという村であった。垂直にそそり立つ岩山、モン＝テギュイユを背後に控えるこのシシリアンヌは、自然に満ち溢れており、じつに美しい実在する村である。文明から遠く離れているル・トリエーヴにあっても、中心部から遠く離れているその村はいっそう孤立しているのである。ジオノの小説のなかでは、殺人者がシシリアンヌの自宅に入っていく様子は次のように描かれている。

男［殺人者］は大通りを過ぎると、教会の広場を横切って行く。そして別の、とても綺麗で清潔な、そして広い通りに入る。どれも立派な家が並んでいる。そのうちの一軒の方へ、男はごく自然に、その散歩者の足取りで向かった。まるでちょっと外の空気を吸ってきたかのように。その朝、ブナの木を離れてからずっと保ち続けてきたのと同じ足取りで。彼はその一軒の家の

シシリアンヌ（背後はモン・テギュイユ）

ドアをこぶしで叩き、ドアが開くまでの間、雪かき板の上でブーツの底の雪をかき落とす。それから中に入るわけだが、その前に戸口のところで襟巻を、とても人間的な襟巻を、ほどく。正午の鐘が鳴っていた。

フレデリックⅡはさりげなくその家を通りすぎた。窓ガラスの奥に、天井から下がった照明に明かりがついているのが見える。空が暗いからだ。照明の下にはきっと食卓が用意されているのだろう。フレデリックⅡは納屋の戸口の隅に行って、戸当たりの上に坐った。鐘楼がすぐ一時を鳴らした。ひとりの少年がその家から出てきて、教会前の広場の方へ走っていった。少年が戻る。煙草の紙袋を持っている。少なくとも四スー分はありそうだ[58]。

殺人者の家を確認してから、フレデリックⅡは急いで自分の村に戻り、村人たちに追跡の一部始終を物語った。殺人者を取り押さえるための隊が編成され、ラ

ヒナゲシとモン・テギュイユ（2086メートルの岩山）

ングロワを中心にした遠征隊はシシリアンヌに向かっていく。呼び出された男にラングロワが近寄っていく様子は次のように説明されている。

　俺たちはまた森の小道をたどっていた。道は迂回していて、男とラングロワの姿がときどき視界から消えた。そのように迂回したあるところで、ラングロワがはたと止まった。俺たちが追いつくと彼は言った。「止まれ！」前方五十メートルぐらいのところに、男が一本のブナの木に寄りかかって立って、こっちを見ていた。

　俺たちはそのようにして五十メートル離れてしばらくの間向き合っていた。それからラングロワは一歩一歩進んでいって、男の正面三歩のところまで行った。そこで、彼ら、男とラングロワは、黙ってもう一度互いに了解し合ったようだった。そして、そのままでいるのが本当にもう耐えられなくなりそうになった瞬間、「で、いったい何をしているんですか？」と今にも叫びそうになった瞬間、大きな爆音がして、男が倒れた。ラングロワが男の腹に二発のピストルを発射したのだった。両手で、同時に。

「これは事故だ」とラングロワが言った。(59)

ラングロワの不可解な発砲でこの部分は幕を閉じる。舞台になっているシシリアンヌは、ル・トリエーヴ地方でも最高に孤立した村で、一番近いクレルからは五キロほど山のなかの細い道をたどっていく必要がある。ジオノがこの殺人者に、険しい独立峰のモン＝テギュイユの麓に住居がかたまっているシシリアンヌに住まわせたのには、それなりの理由があったと想像できる。人里離れている集落、奇抜な岩山に背後をかためられている寒村、というようなイメージが思い浮かぶだけで、確かなことは私には分からない。

第七章　サン＝ジュリアン＝アン＝ボーシェーヌとボミューニュ

サン＝ジュリアン＝アン＝ボーシェーヌは県道一〇七五号線沿いの山の麓にある美しい村である。村の一角にジオノ滞在を記念する次のような内容が記されたプレートが嵌めこまれている。「一九二八年から一九三一年にかけて、ジャン・ジオノは家族と共に夏にこの村に滞在した。彼はここで『ボミューニュの男』を執筆した。」

ボミューニュは村の名前ではなく、サン＝ジュリアン＝アン＝ボーシェーヌのなかの一集落である。しかし、このボミューニュは村の中央から二キロほど離れたところにあるごく小さな地区で、家は四、五軒しかない。その集落の入口に礼拝堂があり、ジオノのおかげで修復されたと記されている。つまり、『ボミューニュの男』が出版されたために、この集落が注目され、荒れ果てていた礼拝堂が現在のような形に整えられたのであろう。

それでは、『ボミューニュの男』においてボミューニュはどのように描かれているのだろうか？

恋する女性をマルセイユ育ちの伊達男に連れ去られてしまい、悲嘆に暮れるアルバンが自分たちの先祖について語るくだりを、いささか長くなるが引用してみよう。

俺たちは、かつて、最初のうちは、普通の人々が信じているような宗教を信じていなかった。そのことが原因で、その当時、俺たちの祖父のそのまた祖父だった人々が、賛美歌を二度と歌うことができないようにと、舌の先を切り取られてしまったのだ。そのあと、尻を足蹴にされ街道に追い出された。住む家も家財道具も一切合財取り上げられてしまった。どこにでもとっとと消えうせるがいい！

そこで彼らは、他に行く所もなかったので、山に登っていった。男たちも女たちも全員勢ぞろいで。高いところまでぐんぐんと登った。彼らの舌を切り取った人たちが想像するよりもはるかに高いところまで彼らは登っていった。彼らの肩に重くのしかかる希望というものがもうなくなってしまったので、彼らははるか高みまで登り、岩でできたあの小さな台地にたどり着いた。蒼穹の一角にあるその台地は、空の頬に接していた。そこには草が生えるに足るだけの少しばかりの土があった。みんなはその地をボミューニュと命名した。

口のなかに残っている舌の断片で話そうとしても、獣が吠えているような音しか出てこなかった。まるで動物が唸っているように聞こえるので、彼らは当惑してしまった。彼らの舌をナイフで切り取った下界の連中がもくろんだのはまさしくそういうことだったのだ。

サン＝ジュリアン＝アン＝ボーシェーヌ

そこで、彼らはハーモニカで呼び合うことを考え出した。ハーモニカを口の奥まで差しこむと、残っている舌の切れ端で音を出すことができるのだった。

そうして、主婦や、子供や、雌鶏や、雌牛などを呼ぶのに彼らはハーモニカを用いるようになった。そういう習慣を身につけ、互いに隣人たちが言いたいことを理解しあえるようになった。

日曜になると村人たちはヒマラヤスギの大木の下に集まった。最長老がハーモニカで説教を行った。村人たちは、長老が完全な舌を持っていたときと同じように、長老の言っていることが理解できた。そしてみんなの目から涙があふれ出た。そのあと彼らはみんなで一斉に涙があふれている目を空の方に向けた。それが彼らの説教となった。一週間のあいだ心を堅固に保つのにその説教は役立った。そうして次の週もまた次の週も、説教が行われた。

ついに、この世のなかに憐れみがあるおかげで、立派な舌を具えた子供たちが誕生してきた。

　しかし今でも俺たちは昔からの習慣を守っている。俺たちはみんな鉄の楽器を持っている。祭りになると、俺たちは、大麦で作ったリキュールの入った壜を数本抱えて、牧草地の奥のくぼ地に向かう。そしてそこで俺たちはみんなで、俺たちの種族の種をまいてくれた先祖の老人たちに対して感謝の気持を表すために、みんなで自分の〈モニカ〉を演奏する。各人が自分のために演奏するので、女たちは自分の夫の〈モニカ〉を聞きつけ、『やはりあの人が一番上手に演奏しているわ』と考える。子供たちも父親の〈モニカ〉を聞きつける。村の男たちがそれぞれ音楽を奏でているなかで、自分の父親の〈モニカ〉だけに耳を傾けるのだ。こうして、薪を焚いて狼の襲撃から身を守っていた先祖たちの舌でみんなが語り合う。昔の音楽がいちばんよく理解できるのだよ。最後に、みんなで美しいメロディを合奏する。それは子供から爺さんにいたるまでみんなが、美しい秣と、冷たくて美味しい水と、健康と力に満ちあふれた頑健な身体に恵まれているという内容を歌う音楽だよ[60]」

　この純粋無垢で初心《うぶ》な青年、アルバンの恋の成就のために全力を尽くしてやるのは初老の日雇い人夫、アメデである。アンジェールのことをアルバンは忘れることができない。さっそうと登場するアンジェールの美しい姿は次のように描かれている。

サン＝ジュリアン＝アン＝ボーシェーヌ

手綱をぐいと引かれた馬車は店の前で止まった。馬車が停止する音。ついで、一挙に四本の馬の脚が埃のなかに突っ立った。そのあとはしーんと静まりかえってしまった。的確に動く丈夫で申し分のない手が見えた。それは少女だった。

女ではなくて、まさしく少女だったと俺は正確に言っている。このへんの農村の女ときたら、あんたも知ってのとおり、木と石でできているんだ。みんなが持ち運ぶ聖人の木像のように、ぎくしゃくと歩く。しかも大地や男たちを相手にしているので、すっかり擦り切れてしまっている。しかし降りてきたのは少女だった。鳩のように二回跳躍するともう店のなかに入っていた。横向きの彼女の姿が見えていた。鼻と口がちょうど光の前だった。それは清らかで美しかった。今でも彼女の横顔が頭のなかいっぱいに広がっているくらいだ。

そして店主が包みを持って二輪馬車のところまで出

てきた。彼は、こんな女性客が毎晩やって来てくれるなら、猟銃を口のなかでぶっぱなさなくてもいいだろうと考えていたのだった。

手綱をとった彼女が発した「はい、どう」という声は、彼女の他の声とともに今でも俺の頭のなかから消えずに旋回し続けている。さて、足の先から髪の毛にいたる彼女の全身を上方から月の光が照らしている。彼女の脚や、彼女の柔らかな腹や、胴着が締め付けている彼女の豊かな二つの乳房や、彼女の美しい頭部や、三つ編みに組んだ髪の毛など、彼女の全身が今でもありありと目に浮かんでくる。

俺は聖母マリアなどとは縁のない種族の人間だ。あんただって俺と同じで教会に入るなんてことはほとんどないだろう。だけど、青二才だった頃のことを思い起こせば、あんたもこの地方の教会にあるマリア様の美しい像を覚えているはずだ。籠を作るときに用いる柳の曲線のように、子供を抱くためになめらかに曲げられた腕や、肩や、視線や、その他ありとあらゆることを覚えているだろうが？」

「そんな風だったのか！」

「処女マリアだよ[61]！」

アメデは、アンジェールの消息を探るために、彼女の実家の農場に農夫として雇われる。農場の隅々を探しまわることによって、アンジェールがすでに農場に戻っており、どこかにかくまわれていることを突き止め、それをアメデに伝える。農場のすぐ近くまでやってきたアメデがアンジェールに語りかけるのは、ボミューニュ村に代々伝えられてきている音楽によってである。ここでボミューニュの潜在能力が発揮される。アルバンが奏でる音楽の描写を引用しておこう。語っているのはアメデである。

まずそれは、森林のある大きな地方が生きたまま引き抜かれて飛んできたような感じだった。そこには土や、樅の木の根毛のすべてや、苔や、樹皮の匂いなどが入っていた。白くて長い水源が、まるで彗星の尾のように、飛行中に水を滴らせていた。それは私のところまで飛んできて、色彩や芳香や音響でもって私を包みこんだあと、右手の闇のなかに融けこんでいった。

私が思わず呼吸を止めてしまうほどの威力があった！

そのあと何か物音が聞こえてきた。それは山から吹いてくる風のようでもあり、山の声や、ヤマウズラの飛翔の音や、羊飼いの呼び声や、風を受けて一斉になびいたり盛り上がったりしている牧草地の背の高い牧草の唸りのようでもあった。

それから静かになり、さらに人が道を歩いているような音が聞こえてきた。ざく、ざく、と。大きな歩幅でゆっくり坂道を登っていく足音が、道の石ころに当たって歌う。そして、その足音に沿って、足音を出迎えにきているように思える生け垣や小さな鈴の動きが感じられた。

それは活気づき、収縮し、融けて匂いと音の束になり、そして開花する。犬の吠え声、ばたんと閉まる板戸、走る動物の群れ、豚、黄色い水掻きを使って泥のなかをよちよちと歩く大きな家鴨。ひとつの村の全体が闇のなかを通過する。桶が床に当たる音や、滑車や馬車の音や、誰かを呼んでいる女の声などが聞こえてくる。リンゴのような頬の少女や、両手を腰に当てた女や、金髪の男などが見えてきては、やがて消えていく。

そうしたすべてが、じつに純粋だった！

ここでちょっと立ち止まってあなた方にうまく説明しておく必要がある。こういうものがその音楽全体を力強いものにしていたのだから、その音楽のなかには純粋なものがじつに巧妙に詰め合わされていたことになる。

私をびっくりさせたもの、腕や脚を動かしたいという意志を魅了したもの、私の呼吸を膨らませたもの、それはその純粋さだった。

それは純粋で冷涼な水だった。喉がいくら飲んでも飲み飽きるということのないような水だった。私はその音楽のために全身が震えていた。私は花のなかにいると同時に自分の内部に花を持っているようだった。花のなかを動きまわり陶酔している蜜蜂も同然だった。

最高に力強く感じられたのは、それが私たちが用いる言葉を使って語られており、私たちの流儀で歌われているということであった。(62)

この物語は、ボミューニュに代々伝えられている音楽の力、純粋な青年アルバンの恋の力、以上を称揚すると同時に、友情の揺るぎなさを確認するための物語でもある。

農場の地下室に幽閉されていたアンジェールを救い出し、アルバンはアンジェールとともに故郷のボミューニュへと帰っていった。そのアルバンたちをマノスクの駅で見送ってから数年後、アメデはラ・ドゥロワール農場の近くを通ったので、農場に立ち寄ってみた。たまたま母親と同じ名前の娘アンジェールと話し合うことになり、彼女の父アルバンが間もなく農場にやってくるということが分かったが、アメデは彼に再会しようとすることなく、娘にアメデが立ち寄ったと父さんによろしく伝えてくれと伝言を託して立ち去っていく。友情のダンディズムとでも形容できる友情のあり方について、アメデはこう述べている。

私がもうアルバンと友だちではないのかとあなた方は言ったが、よく聞いてほしい。私が彼のためにしてやったことは、誰に対してもできるといった類のことではない。アメデは、娘に伝言を頼むことによって自分に都合のいいように事を運ぼうとするような男だなどと考えてもらっては困る。私はそういう人間ではないと、今、はっきり言うことができる。あの男、私のアルバンは、私の心の奥底をしっかり捕らえている。私は彼と一心同体だと言ってもいい。水のように透明なアルバンほどの男は、私たちの仲間のなかに混じっていつでもそのあたりにいるってわけではない。もっと広い世間のなかでもきわめてまれな存在だと言うことができる。

あなた方がいくら笑っても無駄だよ。私は彼よりもたっぷり三十歳は年寄りだ。年齢は別にしても、自分自身に向かって時にはこんな風に考えることもあるさ。「あちこち歩きまわりたいという気持をもう少し抑えて、どこかに落ちついておれば、お前だって前を通りかかっているあの男のような息子のひとりくらい持っていたかもしれないのになあ」

それはそれでいいとしよう。

しかし、もう友だちではないということについては、話は別だよ！　つまり、事実はその反対だ。彼は私にとってはあまりにも大切な友だちだった。だから、私のなかで少しずつ彼を殺していき、現在の彼の状態にしていく必要があった。もうほとんど名前も覚えていないような、ひとりのボミューニュの男になってもらわねばならなかったのだよ！[63]

シストロンの五十キロほど北にある風光明媚な村、リュス＝ラ＝クロワ＝オートから北東に五キロばかり入っていくと、ラ・ジャルジャットという集落がある。十五軒ばかりの家がある山麓の小さな集落である。スキー場でもありリフトが設置されているので、冬になると賑わいを見せるのかもしれない。

二〇一四年の九月六日、私たちはここで講演会を開催した。前半は、マノスクで私たちに住居を提供してくれるイヴと彼の伴侶マルチーヌを中心とした五名が自然を扱っているリユタギさんのテクストを朗読し、後半は私が「信州松本の四季」というタイトルで、松本のことを話した。ジオノ作品の翻訳者であるということと、信州はオート＝プロヴァンスと気候風土が似ているということを、重要な観点にしながら信州の写真を見ていただきながら、松本の暮らしを説明した。

講演の前に、パソコンの写真をスクリーンに映写するための準備を整えてから、外に出て峩々たる岩山を眺めていると、親しく話し合いながら山から下りてくるカップルと目が合った。

「日本人ですか？」

「そうですが……」

「今、私は日本がどんなに素晴らしいところかということを彼女に話していたところです。今日はキノコをたくさん取ってきました。我が家に来ませんか？　一緒にキノコを食べましょうよ」

私はこれから講演をする必要があるので、お誘いに応じるわけにはいかない。日本に関心があるのなら、私の話を聞きにきませんか、などと誘ってみたところ、彼らはシャワーを浴びるために家に戻ってから、三十分後、会場に現われた。講演のあとのアペリチフの会で彼らと親しく話し合った結果、数日後彼らのアパルトマン（ラ・フォリという人口二百人の村）を訪問し、三泊することになった。エルンスト（ドイツ人）は画家で、二十歳代に日本で一年間暮らしたことがあるという。東京の下町の住人たちの人情は素晴らしいものだったし、ヒッチハイクで日本中を旅したが、トラック運転手たちが電話連絡して次々と自分を受け渡して遠くまでの旅を可能にしてくれたのには感動したと熱っぽく彼は語った。薬剤師のリーズ（ベルギー人）は、中国医学を学び独自の治療法で多くの患者さんの治療を試みている。看板も何もないのに、人づてに評判を聞いた人たちが治療を求めてやってくるということであった。植物の薬効に関する彼女の知識は桁外れに素晴らしい。

このリーズは数年前までボミューニュに住んでいたそうだ。ラ・フォリに住んでいる今も、ボミューニュの畑をずっと利用し、そこで野菜を育てているというようなことを聞くと、彼女との不思議な縁を感じずにはおれなかった。

私がジオノの著作をいくつか日本語に訳したということを知ると、最後の夜に、サン＝ジュリアン＝アン＝ボーシェーヌの村長を十九年にわたり勤め、昨年やめたばかりだというジャン＝クロード・ガストさんとその奥さんを、彼らは招待した。ボミューニュに三年間暮らしたことがあるリーズは彼らと親しい間柄だったので、声をかけることができたのであった。

その年の夏にはサン＝ジュリアンでジオノの『憐憫の孤独』のなかの『牧神の前奏曲』という奇抜な物語をめぐって演劇形式の朗読会が開催されたのだそうだ。たしかにこの作品のなかには、モンタマ(Montama)、モンブラン(Monbran)、レ・ゾッシュ(Les Oches)など、このあたりの村の名前が数多く出てくる。村長さんはそのことにも触れ、ジオノの作品のなかに自分たちの村が登場するのは何ともはや光栄なことだと述懐していた。

村の名前が題名に採用されている『ボミューニュの男』をテーマにして何らかの祭典が開催される日も遠くないだろうと私は思う。事実、この作品のおかげで、ボミューニュ地区の入口にある礼拝堂は、荒れ果てた状態だったところを数年前にきれいに修復され、訪れる者を温かく迎えてくれるのである。

村の中心部、ジオノがここでヴァカンスを過ごし『ボミューニュの男』を執筆したということを示す標識がはめ込まれている。

『牧神の前奏曲』では、村祭りで飲み食いに忙しかった男や女たちが、ある男の呪縛のもとで、踊りはじめ、ついには夜じゅう村を挙げての乱痴気騒ぎが続いた。獣たちも踊りに加わったと書かれている。物語の結末は次のように描写されている。

朝になると、あらゆる種類の汁を滲みだしていたので、腐ったメロンのような臭気が漂う村のなかで、私たちは目を覚ました。私は馬の糞の上に寝そべっていた。少し離れたところには太ったアメリーが、まるで死人のように、スカートを舞い上がらせ、下着は脱ぎ捨て、自分の財産のすべてを人目にさらしていた。

しかし、私たちの不幸の全貌に気づいたのはもっとあとのことだった。アナイスが消えることのない匂いを身体に染みこませているということはすでに分かっていたが、彼女はそのため狂乱状態におちいっていた。フランソワの雌馬が新たな病気で死んだ。その病気は腹にとりついていた。腹を開いて見た。生々しい大きな血の塊のようなものがあったが、みんなはそれを堆肥の下に押しこんだ。最後にロジーヌが分娩した。彼女が産みだしたものは夜のあいだに急流のなかに捨てられた。そのせいでアスプルの産婆は六か月以上にわたって病気になった。

「いつも目の前にあれが見えるのよ」と彼女は言っていた。

その男はプロヴァンスに向かって立ち去った。南下する街道を選び、シストロンの峡谷から彼はプロヴァンスに入っていった。レ・ショヴィーヌで雇われていた召使いから彼の消息を知ることができた。男が立ち去ったのとほぼ同じ頃、彼はリビエの方で羊の番をしていた。ある朝、彼が草の上に横たわっていると、羊の群れのなかからかすかな鳥のさえずりが聞こえた。彼は頭をもたげた。肩に鳥をのせた男が柵の近くにいるのが見えた。男は羊たちに羊の声で話しかけていた。

「俺はそれを見とどけて、外套をかぶって寝ころんだ。それ以上動かなかった」と彼は私たちに言った。

そうだ、男はプロヴァンスに入っていったのだ。何層にも重なっていた雲が彼のあとについていった。それから間もなく、向こうでも明るい季節が戻ってきた。しかし、私にはリュール山に住みついている従弟がいる。彼はいろんなことを私に教えてくれたものだ(64)……。

サン＝ジュリアン＝アン＝ボーシェーヌのあたりでは人間の数が圧倒的に少ない。そこで暮らす人々は、多少の異変が生じても自分で切り抜けていく必要がある。事実、エルンストとリーズが暮らしてるラ・フォリでは、一軒だけあるパン屋の開店は不定期なので、パン屋が店を開くとすぐにパンを買っておく必要がある。そのパン屋にはバゲットや菓子パンなどはいっさいなくて、あるのは堅くて大きな田舎パンだけだった。田舎パンは時間が経っても品質が劣化しないので、長く保存できるからである。土地の大部分は山地で、森林が村のそばまで押し寄せてきている。自然のことはどうしてもある程度知っておく必要があるし、医者もいないので、応急処置くらいは心得ておかねばならない。要するに、自給自足に近いような生活に慣れる必要があるのだ。
こうした山の中の集落で暮らしたことがあるジオノは、山の生活についてこんな風に書いている。

そこで暮らしている住人の数は少ない。十人あるいは二十人くらいだろうか。辺鄙なところにある集落の住人や、街道から入ってきて、村のなかの家で休憩して一息つき、反対側の街道から出ていく通行人たちを勘定に入れても、せいぜい四十人といったところであろう。そしてこの周囲に広がる大地は広い。耐えがたいのは、まさしく、村を取り巻く大地のこの広さ、大地のこの飾りのなさ、大地のこの孤独感なのである。というのも、考えてみていただきたい。十人、二十人、あるいは四十人としても、その広い土地に住むには人間が少なすぎるのである。毎日、住人たちは仕事のために出かける必要がある。動物を罠で捕らえたり、木を切り倒したり、誰

ボミューニュ地区、この礼拝堂はジオノの作品がきっかけとなり修復された。

も訪れることのないどこかの谷間で二番草を刈り取ったりするのである。あるいは、ル・ガルヌジエ山の灰色の肩にぶら下がるような格好で、岩と雲でできたような山に生息する奇妙な獣たちを探して、獣が歩いたばかりの熱い足跡を追い求めて歩いたりするのである。

つまり、彼らが仕事のために村から出ていくとき、こうした男たちのあいだには沢山の空や沢山の大気がある。彼らが呼吸する大気、それは誰か他の人間たちがすでに呼吸したので、その味がしみこんでいるような大気ではない。彼らが飲みこむ大気は、他の人間たちの内臓から出てくるわけではない。その純粋な大気は、源泉で汲みとられたものである。それはある意味ではいいことだが、別の意味ではよくない。その純粋さは、自分の孤独と絶望と引き換えに手に入れねばならないからである。[65]

純粋な生活のなかに真の豊かさがあるとジオノは考

ボミューニュ地区

えていた。安楽な生活が可能な都会とは異なり、そこでは強い風が吹き荒れ、空を雲が急速に流れ、時には雷鳴が鳴り響き、稲妻が炸裂し、奔流が時として水かさを急激に増し、キツネやイノシシやカモシカが跳梁している。要するに、自然がありのままの姿を見せているのである。大地震や川の氾濫や大火事があれば普通の人たちは狼狽するであろう。しかし、この辺境に暮らしている人にとっては、そうした異変も自然の通常の営みとそれほど大きく隔たっているわけではない。

そこで私はこう考えた。「もしも、大地の何らかの痙攣によって、ここ以外のすべての場所が急に崩壊してしまうならば、もしも、間もなくこの〈夕べの集い〉から外に出てみて、ドアの外に無垢の森林や、無垢の大地や、さらに無垢の空や風や雨を見いだすならば、もしも、これまでの諸発見の、また科学や芸術の、すべてが失われてしまうならば、もしも私たちが急に世界の門出に直面するならば、そういう場合、このなかに本物の人間は何人くらいいるのだろうか？　辿るべき道を探し出し、有用な草を選択し、肉を得るために罠を作り、星を頼りに歩き、押してくれる風の力を利用して前に進み、寒さを克服できるような人間、つまり生きていく能力を具えている人間のことを私は言っているのである。要するに、事態がそのとき許容してくれる勇気のすべてを奮い立たせて生きていく能力を具えている人間である。こうしたことができる者は何人くらいいるのだろうか？　おそらくお前は大丈夫、と私は考えた。おそらく、あそこにいてお前によく似ているお前の友も大丈夫だ。これで二人だ。こう考えることができるというのは、何とも誇らしいことではないだろうか！」(66)

どのような人間でもこんな土地に住めるわけではない。人間は安楽を求めている。大都会にあれほど多くの人が集まるのは、そこでの暮らしが楽だからだとジオノは言う。たしかにそうだろう。しかし、そこでは大気は薄汚れており臭く、水はどぶのような川から汲みあげられており、昼だけでなく夜にも騒音が途絶えることがなく、要するに人間がひしめき合っているところである。源泉から汲み取られてくるような自然の要素は何もないのである。殺虫剤や除草剤をまいても生き延びる昆虫や野草は存在する。大都会では、よごれた大気、殺菌剤の入った水、絶え間のない騒音、こうした不純な要素に耐えられる人間だけが生き延びていくのであろう。

第八章　ヴァシェールとレイヤンヌ

ここではマノスクの北西十キロに位置するレイヤンヌ（人口九百人）と、レイヤンヌの北五キロに位置するヴァシェール（人口二百人）を扱うことにする。いずれも丘の上の村だが、レイヤンヌでは丘の麓にも住宅地が広範囲に広がっているのに対して、ヴァシェールでは住宅は丘の上に集中している。

ヴァシェールは丘の上に築かれた歴史を感じさせる村である。石が敷き詰められた道は堅固で、家々の壁は分厚い石で築かれている。村全体がコンパクトにまとまっているので城塞都市の雰囲気が感じられる。見晴台からの東方向の展望は抜群で、遠くリュール山まで遠望できる。

この村は、ジオノの『二番草』で、マノスクからバノンに向かう乗合馬車の重要な中継地点として登場する。

丘の上の村、ヴァシェール

バノンに向かう郵便馬車がヴァシェールを通りかかるのは、いつでも正午である。なじみの客がやってくるのを待ったためにマノスクを出発するのが遅れてしまったような日でも、ヴァシェールに着くのはやはり正午である。

大時計のように規則正しく正午なのだ。

毎日同じ時刻に着くのは、じつのところかなり厄介なことでもある。

乗合馬車を操縦するミシェルは、ある日、ルヴェスト＝デ＝ブルッスの四辻で停車し、カフェ〈二匹の猿〉を切り盛りしているファネット・シャバスュとおしゃべりをしてから、のんびりと出発してみた。それでも何のききめもなかった。ミシェルはどうなるか試してみたかったのだ。だけど、無駄な試みだったということがよく分かった！

オピタルの曲がり角を通り過ぎるとすぐに、森林の

ヴァシェールの教会

上にまるで花のように聳えている青い鐘楼が見えてくる。しばらくすると、雄山羊がぶら下げている鈴のような声で、鐘楼の鐘がお告げの時を響かせる。

「やっぱり十二時だ」とミシェルは言う。ついで、馬車の客室の方にかがみこんで声をかける。

「なかでも聞こえたでしょう？　やっぱり十二時です。何をやっても駄目ですわ」

やはり、どうしようもない。みんなは座席の下から弁当の籠を取り出し、食事にする。(67)

乗客がそれぞれ食事を取り出して昼食を食べるのだが、彼らは御者のミシェルにおすそ分けすることを忘れたりしない。和やかな食事風景は次のように描写されている。

ガラス戸を叩く者がある。

「ミシェル、この美味しいアンドゥイエット［豚や牛の内臓を詰めた腸詰」を食べてみないか?」

「この卵はどうだい?」

「それでは、このチーズは?」

「遠慮しないでいいよ」

乗客に不愉快な思いをさせてはいけない。ミシェルは小窓を開き、もらえるものはすべて受け取る。

「待ってください。もう沢山いただきましたよ。ほら、もう両手に一杯ですよ」

受け取ったものはすべて御者席のかたわらに置く。

「パンも少しいただけますかい。それに、どなたかワインをお持ちでしょうか……!」

ヴァシェールを過ぎると、道は登り坂になる。

そこで、ミシェルは手綱をブレーキのハンドルに巻きつけ、馬たちは勝手に歩かせることにして、黙って食べはじめる。[68]

これが物語の冒頭部分であるが、このあとすぐに、遠くから見えるヴァシェールの教会の鐘楼に関する記述がある。丘の上に築かれた集落のなかで教会の鐘楼はもっとも目立つ建築物なのである。その鐘楼に個性的な色のペンキを塗ろうと思いついた人物がいたのだった。

ヴァシェールのたたずまい

ヴァシェールの鐘楼はまっ青である。聖具室から、頂上にある鉄製の小さな帽子にいたるまで、青いペンキを塗ったからである。それはラ・シルヴァベルの屋敷の主人が思いついたことである。何が何でも青いペンキを塗ることに彼はこだわった。

「いいかい、ペンキ代は俺が払うよ。ペンキ代金のすべてとペンキ屋の日当もだ。あんたたちは金は出さなくていい。俺がすべての経費を支払うんだからな！」

そこで、みんなは彼のやりたいようにさせた。青はそれほど下品でないし、それに、何といっても遠くからよく見える[69]……。

私が撮影した写真を見ていただいたら分かるように、ヴァシェールの教会の鐘楼は青色に塗られているわけではない。青い鐘楼はジオノの創作である。

マノスクからバノンまで標高が少しずつ高くなっていく。ヴァシェールまでは緩やかな傾斜だが、ヴァシエールを越えると登り坂は険しくなっていくというのが、ジオノの物語のなかの地形である。要するに、ヴァシェールを過ぎると、人間が暮らしている地域から遠ざかっていくと言っているのである。

郵便馬車の乗客たちは、アンドゥイエットを噛みしめながら、長いあいだその青い鐘楼を眺めることになる。長いあいだその青い鐘楼を眺めることになるというのは、それが森林に覆われた地域に入っていく手前にある最後の鐘楼だからである。事実、そのあと景色が一変する。つまり、こういうことだ。マノスクからヴァシェールまでは、丘また丘である。こちら側を登ったかと思うと向こう側を下る。しかし、登ったり下ったりするが、そのたびに登るよりも下る方がいくらか少ない。そうして、少しずつ、大地はそれと分からないうちに上昇していくのである。二、三度旅したことのある者なら、そのことは実感できるはずだ。つまり、いつの間にか野菜畑がなくなってしまうし、小麦の背丈が次第に低くなっていくし、はじめて栗林を通り過ぎるし、草のような色合いを見せ油のように輝く水が流れている奔流の浅瀬を横切るし、さらに、ついにヴァシェールの鐘楼の青い胴体が見えてくるからである。そして、そこが境界なのだ。(70)

ヴァシェールの北端にあった古い教会が解体され、数年前にガラス屋根の近代的な教会が建てら

ヴァシェールからの眺望（遠くに見えるのはリュール山）

れた。そこではしばしば音楽会などのイヴェントが開催されているようだ。私は一度も参加したことがないので、内部の様子は分からないが、城塞のような古風な村にも少しずつ現代風の文化の息吹が吹き込んできているのが感じられる次第である。

ヴァシェールの南方五キロのところにあるレイヤンヌは、丘の麓から斜面を経て頂上近辺まで家は続いている。見晴らしのいい丘の上に建てられている礼拝堂は、遠くからでも見えるので、いい目印になっている。この村の中心地は麓にある。中央広場があり、教会があり、さらにレストランが二軒ある。街道から一段下がったところに広場はあるのだが、街道筋には観光案内所があり、四階建てのアパルトマンも立ち並んでいる。

ジオノの『憐憫の孤独』に収録されている『大地の恐怖』では、レイヤンヌは「私」の住居（おそらくマノスクにある）から歩いて行ける距離にあるものとして描写されている。

私はレイヤンヌまで下りていった。仕事のためではなく、ただ両手をポケットに入れて、そういう風に、感情の勢いにまかせてふらふらと出かけていっただけのことである。というのも、その日、高原は意地悪い表情をむきだしにしていたからである。私が庭のもっとも肥沃なところにシャベルを突き刺してみたところ、土のなかには、私の膝ほどの太さのネズの切り株が一杯詰まっていた。その株はいつでも攻撃に転じられるよう準備を整えていたのだった。普段、私は森のなかを通るが、このたびは街道を歩くことにした。街道の土はいくらか飼い馴らされているからである。前方から地面をこつこつ叩く杖の音が聞こえてきたので、「あれは郵便配達人にちがいない。そうでなければ誰だか分からないぞ」と考えた。しかし私は、追いついてその人物の道連れになろうとはしなかった。大地に恐怖を覚えていたために、人と付き合いたいという気持にはなれなかったからである。私はあらゆるものを嫌悪していたのだった。(71)

「私」は村のなかに入り、村を詳しく眺めていく。ジオノが暮らしていた一九三〇年頃には住民は今より少なかったと想像されるが、現実のレイヤンヌとは相当異なっているのが分かる。

私があなた方に物語っているこの村は、まさしく通りが曲がりくねっている村である。その

丘の上の村、レイヤンヌ

通りに沿って食料品店、煙草屋、小さな郵便局、カフェ〈友愛〉、ムランション姉妹の家などが並んでおり、さらに豚小屋と牛小屋が、ついで低い窓などがある。その低い窓のなかでは、老婆たちが長靴下を編んでいる。そのあと、通りはふたたび丸い大地の平らな地面へと抜け出ていく。

私はそこで家々を眺め、堆肥の匂いを嗅ぎ、ひとりで泉の水を飲みにいく馬を眺めたりして、昼までの時間を過ごす。そして私はこう考えた。「そうだ、大事なのは動物だ！　お前は自分のそばに馬を置くことになるだろう。何を頼りにしたらいいかということくらいは分かっているだろうから！」私は馬を愛撫した。馬は斜めに二歩向きを変えた。そして、泉の水を飲むのを止めることなく、馬は私にそのどんよりした大きな目を見せた。どんよりした目を……。(72)

このあと「私」はカフェの奥の方に入った。知っている人物もカフェに入ってきたが、声をかけることなくワインを飲んだ。知り合いが立ち去っていったあと、「私」もカフェから出てきた。しかしながら、理由の分からない不安感が消えてしまうということはない。私たちは得体の知れない恐怖感を身体のなかに持ち運んでいるのである。

そうだ！　そして私はこう考えた。「丘の表面に生えている毛のなかで生きておれば、恐怖は消えてなくなるだろう。見るがいい。それは土ではない。お前の靴で踏めば、それはその下でめりこんでしまう。それは花であり、風なのだ。すり減り、吹きつけてくる風を受け、まるで砥石にかけられている鉄のように叫んでいるのは、丘である。お前はいったい何が怖いのだ？」

なるほどそうだ。しかし、夏も冬も、広い大地は目の前にあり、私が計算をしまた計算をやりなおしても何の効き目もない。大きな大地が意のままに私を操ってしまう[73]。

これは、丘が生命を持っているように感じた住民たちが、やがて丘が自分たちに襲いかかってくるかもしれないという不安を増大させていくという物語『丘』の主題である。そして住人たちの予感通り、大規模な山火事が集落のすぐ近くまで押し寄せ、住民たちを恐怖の極致におとしいれる。こうした不安から逃れるために、私たちは気晴らしを追い求める。それが『気晴らしのない王様』のテーマであった。

二〇一三年の六月二十八日の午後、私たちはレイヤンヌを訪れた。丘の頂上まで歩いて礼拝堂を眺めたり、周囲の景観を楽しんだりしたあと、坂を下っていると「芸術の友の博物館」という建物が目についた。

六月八日から三十日まで、モンジュスタンの詩人・画家リュシアン・ジャックの水彩画の展示会を知らせるチラシが入り口の扉に掲げられている。開館は十六時から十九時。時計を見ると十六時四十分なのに、門は閉ざされている。何かの理由で閉館なのだろうと思い、記念にチラシを撮影してから立ち去ろうとした。

建物に背を向けると同時に、下から車が勢いよくあがってきた。

「博物館を訪問されますか?」と運転していた女性が訊ねる。

「入りたいのですが、閉まっているんです」

「すぐに開けますから」

こう言って彼女は車から降りてきて、扉を開き、私たちを招き入れる。もうひとり年配の女性が車からおり、博物館に入っていく。

私はすでにもっと下までおりていた直子に声をかけ、「入れるらしいよ」と手招きする。戻ってきた直子とともに、博物館に入ることにする。

何故私がリュシアン・ジャックの展示に関心を持っているかを手短に話す。ジオノの作品をいくつか日本語に翻訳したと話すと、彼女は大いに心を動かされた様子で、そうしたことを年配の女性に伝えている。

「ゆっくり見ていってください。私はこれで失礼いたします。」こう言って彼女は立ち去っていった。

このあと、年配の女性と話しあって、彼女の亡き夫がこの博物館の創設者であり、今では彼女がここの主人であることなどが分かってきた。大きな部屋の壁にはリュシアン・ジャックの水彩画が三十点ばかり展示されている。チラシに掲載されている、うねるようないくつかの丘が重なり合い、ラヴァンド畑や樹木が点在し、手前には壊れかけた風車などが描かれているル・コンタドゥールの水彩画は、明るく楽しそうな雰囲気をたたえている。風景が踊っているようだ。花瓶の花を描いたいくつかの絵も、多彩な色彩の調和が見事である。文学作品を飾るための木版画も何枚か展示されている。ジオノの作品のための木版画には馴染み深いものもあった。

展示室の中央に置かれたテーブルの上に、さまざまなの本や絵はがきが並べられていた。購入可能の品物である。「リュシアン・ジャック友の会」の会報が六冊あったが、それは昨年、マノスクの書店で購入したものであった。リュシアン・ジャックについては、『リュシアン・ジャック、一八九一年―一九六一年』という本を買った。またセルジュ・フィオリオさんの大きな画集も置かれていた。これは一九九七年に彼の自宅を訪問したときに、直接フィオリオさんから購入した本である。「フィオリオに挨拶するために」と「セルジュ・フィオリオとともに夢を見る」という文章

レイヤンヌの丘の上からの眺望

が収録されている二人の著者による別の本を購入することにした。この本の購入を通じて、刺激的で楽しい未来が訪れることになった。直子は絵はがきを十枚ばかり選んだ。

支払いをしながら、ジオノやリュシアン・ジャックやセルジュ・フィオリオさんたちについていろいろと話し合った。

一昨年、フィオリオさんの家を訪問したが、その年の一月に亡くなった彼の家は当然ながら無人で、ドアの前にはフィオリオさん追悼の展示会のチラシが貼ってあったのに、その時はその内容を確認せずに大失敗したことをまず最初に話した。じつは、その展示会はちょうど開催中だったのに、すでに終了したものと速断してしまったのだった。この博物館で展示会が行われていたのですねと言うと、そうですよとうなずきながら、アンリエットさんはその時のポスターを取り出

リュシアン・ジャックの水彩画展示会、「芸術の友」博物館

してきて、私に進呈したいと言ってくれた。回転木馬のなつかしい絵画がポスターに採用されている。このポスターは今では私の書斎に飾られている。

リュシアン・ジャックについては、昨年、会報を購入したし、『羊飼いの墓』という素晴らしい詩集もすでに持っているので、今日はこの『リュシアン・ジャック、一八九一年—一九六一年』を購入するにとどめます。ここにはジオノの家のなかにある、ジオノ一家とジオノの初期作品をモチーフにした絵画の写真も収められている。この絵画はジオノの家族四人、マノスクや周辺の光景、「牧神三部作」や『喜びは永遠に残る』に出てくる重要な場面、こうしたモチーフを描きこんでいる傑作である。さらに今回のチラシに用いられており、そこに飾られているル・コンタドゥールの風景を描いた絵画も収録されている。じつに貴重な本ですね、などと話した。

その他、ジオノとの関連で、ビュフェのことも話し

博物館長のアンリエット・ロガさんと直子（家内）

あった。何かの会合のときのビュフェが写っている写真を取り出してきたりと、じつにおびただしい資料を彼女は私たちに見せてくれた。

夫のエミール・ロガさんの著作『レイヤンヌと一七八九年の革命』も彼女のサイン入りでいただくことになった。フランス革命が地方の村に及ぼした影響を克明に記した本である。

直子がアンリエットさんに写真を撮影してもいいでしょうかと訊ねると、いくらでも写してくださいという反応だったので、まず彼女と私たちが並んで記念写真を撮影してから、もちろんフラッシュはつけずに展示の様子を撮影した。

この間、カップルの来客がひと組あっただけで、展示室はいつも静かであった。

住所などを交換してから別れたが、もう六時半を過ぎていた。なお、この博物館は入館無料である。

彼女には子供がなく、夫はもとより親しい友人や知人たちもほとんど他界してしまったので、自分はもう化石のような存在だと寂しそうに何度か彼女は述懐していた。ご主人が創設したこの博物館が彼女の重要な生き甲斐なのであろうということが想像できた。しかも訪れる人はあまりいないのかもしれない。私たちが訪問していた二時間ほどのあいだ、彼女は生き生きとリュシアン・ジャック、ジャン・ジオノ、セルジュ・フィオリオなどについて情熱をこめて話してくれた。私たちと一緒に写っている彼女は、まだまだ精彩溢れる表情を見せている。いろんなことをきわめて詳しく教えていただいて本当にありがとうございましたと、当日撮影したアンリエットさんの写真とともに、お礼の便りを帰国後送った。

このアンリエットさんのおかげで私の視野が飛躍的に広がっていった。まずアンリエットさんは、セルジュ・フィオリオの親しい友人にして研究者でもあるアンドレ・ロンバール(前述の「フィオリオに挨拶するために」の著者[74])さんを私に紹介してくれた。彼とメールを交換し合っているうちにすっかり親しくなり、二〇一四年には彼らの家(マノスクの北西二十キロのヴィアンス)に招待していただいた。フィオリオさんの絵画に囲まれた彼らの家でフィオリオさんをめぐってさまざまなことを話し合った。この日私たちとともに同じく招待されておりながら、体調が悪くてアンドレの家まで行くことができなかったアンリエットさんのレイヤンヌのアパルトマンを、その日の午後おそくなってからアンドレとともに訪問した。彼女は体調が悪化し、ほとんど歩けない状態だった。

二〇一六年には私たちが滞在していたマノスクの友人の家にアンドレを招待し、その数日後今度は私たちが彼らの家を訪問した。アンドレは二〇一四年来、フィオリオさんに関するブログを精力的に発表し続けている。さらにアンドレは平和主義者のベルナール・ベッサ[75]さんを、私に紹介してくれた。ベルナールが制作したラジオ番組「平和主義者ジオノ」に感心した私は、すぐさま彼と親しくなった。二〇一六年のマノスク滞在中に、ベルナールは自分の故郷の村サン＝ヴァンサン＝シュル＝ジャブロンの自宅に私たちを招待してくれた。この経緯については、第二章「バノン」で説明した。

第九章　デュランス河

デュランス河はマノスクの三キロほど東側を北東方向から南西方向に流れている。水源ははるか彼方のアルプス山地にあり、途中いくつもの支流を集めて、アヴィニョンの南でローヌ河に合流する。レマン湖を水源とするローヌ河は、リヨンでソーヌ川と合流し、アヴィニョンの南でデュランス河の豊かな水を吸収し、そこから南下して大湿地帯カマルグにいたり、地中海に流れ出る。

マノスク近辺では、デュランス河の水を利用した多数の運河が農業用水を提供している。マノスクから約五十キロ下ったところにあるラ・ロック＝ダンテロンの近くで取り水してマルセイユに水を供給するプロヴァンス運河は、延々九十キロにわたりデュランス河の水をマルセイユまで運んでいく。また、デュランス河がユバイユ川と合流するところに作られたセール＝ポンソン・ダムの建設にジオノは猛烈に反対した。ジオノが、ダム建設がもたらす深刻な弊害を明らかにするために、アラン・アリュウとともに、『オルタンスあるいは清流』(76)を書き、その作品が映画化されたことはよく知られている。
ダム建設は、自然を破壊するにとどまらない。湖底に沈んでしまう村の住人たちの歴史を水没させるだけで満足することなく、移住していく人々の人間関係にいたるまで甚大な被害を及ぼすことになる。オルタンスという少女の境遇の激変を通して、ジオノはダム建設の愚を強く訴えたのであった。

長篇小説『世界の歌』は、アントニオとクララの恋やアントニオとマトゥロの友情と冒険が中心主題であるにもかかわらず、それと並行して、世界の歌を、つまり河とその周辺の森や原野の歌を描くところに作者の狙いがあると私は考えている。
『憐憫の孤独』の最後に置かれているエッセー『世界の歌』で書かれている次のような見解をこの長篇小説で実現しようとジオノは試みたのである。

かなり前から私は、読めば世界の歌が聞こえてくるような小説を書きたいものだと思ってきた。現在のあらゆる書物のなかでは、私の考えでは、人間という貧弱な存在があまりにも重視されすぎており、宇宙の美しい住人たちの喘ぎを知覚させようとする努力が等閑に付されている。書物のなかに蒔く種、私たちはそれをいつも同じ種屋から仕入れている。愛という種はありとあらゆる形をした状態で大いに蒔かれている。そして、それはかなり退化してしまった植

デュランス河（丘の上にあるガナゴビ修道院から）

物である。そのほかにも一握りあるいは二握りくらいの種があるが、それですべてだ。その上、そうした種のすべてが人間の上に蒔かれる。世界には人間がいるのだから、人間が登場しない小説は考えにくいということは、私もよく承知している。必要なのは、人間をしかるべき位置に置くことである。つまり人間をあらゆるものの中心に位置づけないことが肝要である。山というものが、ただ高さや広さとしてだけではなく、重さ、香り、身振り、魅惑する力、言葉、共感として、存在するということを知覚できるまで、人間は謙虚になるべきだ。河は、怒りや愛情、力、全能の偶然［何ものも河の行動を予見できないということ］、病気、冒険への渇望などを具えた人格である。川や水源は人格を持っている。それらは愛し、騙し、嘘をつき、裏切る。それらは美しい。川や水源はイグサや苔の衣装をまとう。森は呼吸する。野原、荒れ地、丘、浜辺、大洋、山のなかの谷、稲妻に打たれて度を失っている山の頂、世界の太古の昔から高所からの風がぶち当たっては砕けていく誇り高い岩壁、こうしたものすべては私たちの目にとってただ単なる光景ではない。それらは生き物たちの共同体なのだ。私たちは、自分たちと同じくらいに人間的な、このような生命ある美しいものたちの解剖学的構造しか知らない。もしも神秘が私たちに四方八方から制限を加えているとすれば、それは、私たちが地球や、植物や、河や、海などの心理学を考慮に入れることが決してなかったからである。(77)

世界の歌の描写が眼目に置かれているので、この長篇物語はアントニオが住んでいる河の描写で開始している。しかもその河は個性を具えた人間のような存在なのである。河は人格なのである。

夜。河は森のなかを両肩でぐいぐい押すように流れていた。アントニオは島の先端まで進んだ。先端の片側では水は深く、猫の毛のように滑らかだったが、もう一方の側では浅瀬のいななきが聞こえていた。アントニオは楢《なら》の木に触れた。手を通して木の震えを聴いた。それは山の男よりも太い楢の老木だった。カケスの島の最先端の河の流れとぶつかるところに生えているので、根の半分は水の上に出てしまっていた。

「元気かい?」アントニオは訊ねた。

木は相変わらず震えていた。

デュランス河（ブリヤンヌ近辺）

「いや、元気ではなさそうだな」アントニオは言った。

彼は長い手で優しく木を撫でた。

はるか向こうの丘のくぼみにいる鳥たちは眠れなかった。鳥たちは河までやって来て、河の音に耳を傾けた。鳥たちは河の上を静かに、まるで雪が滑るように飛んでいった。向こう岸に生えている苔《こけ》の不可思議な匂いを嗅《か》ぎつけると、鳥たちは翼を狂おしく羽ばたいてすぐに舞い戻ってきた。投網《とあみ》を水に投げ入れるように、一斉にトネリコの木々に襲いかかった。今年の秋は、はじめから古い苔の匂いを漂わせていた(78)。

森で暮らしているマトゥロがアントニオのところにやってきて、自分の息子が樅の木を切りに上流に出かけたまま帰ってこないと言う。二か月の予定で五十本の樅を切ってくるはずだったが、予定の期限が過ぎても一向に帰ってこない。母親のジュニがとても心配しているので、アントニオの助力を求めて訪ねてきたのだった。森のなかの彼らの家に行き、アントニオは状況を把握してから、その翌日、二人で河を遡行しながら息子の行方を探ることにしようとマトゥロに提案する。

アントニオとマトゥロはそれぞれ別の河岸を歩き、夜になる前にアントニオが河を渡ってマトゥロに合流する。荷物を頭に載せて河を横切るアントニオの描写を引用してみよう。

アントニオはビロードの大きなズボンと銃で包みを作った。ずだ袋のなかに薬莢、火薬入れ、大きなナイフ、散弾、やすり、ロープひと巻きを入れた。パイプ用煙草と噛み煙草を加えるために包みをほどいた。柔軟な物腰で、格闘せず、泡もたてずに、流れの戯れを利用して彼は河を横断した。大丈夫かどうか調べてみた。何も濡れていなかった。ただ銃床が外にはみ出ていたために、少しだけ濡れていた。彼は服を着た。突き出た岸辺に辿りついたので、河の上流を峡谷の出口のところまで見渡すことができた。アントニオのいるところからそこまで、河は太陽の光を受けて輝いていた。岸辺の木々も素晴らしかった。もっと上流では河は日陰のなかで平らに見えた。その向こうがルベイヤール地方なのだ。

峡谷から流れ出てくる河は、山のなかの崩落地で生まれるのだった。それは、雨を一杯含んだ苔が生え、黒い木や黒い草の生い茂る、深く黒い谷間だった。その谷は手の形に穿たれていた。五本の指は、粘土と岩でできた広い手のひらのなかに深くえぐられた五本の溝の水のすべ

デュランス河（ブリヤンヌ近辺）

てを運んでいた。そこから河は、泡まみれの大きな足でよろよろと歩いたあと、まるで馬のように駆けでてきた。

もっと下流にいくと、別の支流の呼び声に向かって、樅の林のうす暗い階段のなかを、水は飛び跳ねていった。〈マリの喜び〉と呼ばれている谷間からその流れは出てきていた。そのあと、流れは草の美しい袖ぐりのなかをいっそう楽々と自分の脂肪を運んでいった。もうそこでは、高い山の声は、地平線の奥底から聞こえてくる人間の呼吸のようだった。柳、ポプラ、林檎、イチイなどの敏感な木々が岸辺の近くに生えていたが、そうした木々のあいだをほとんど野生に近い親馬たちや子馬たちがギャロップで駆けまわっていた。鐘をつけた羊の群れが丘のあいだを歩いていた。こうして河はルベイヤール地方に入ってきた。(79)

アントニオとマトゥロが河を遡行していったのは秋

のことだった。ルベイヤール地方の知り合いの医者にかくまわれているマトゥロの息子（ダニス）とその恋人（ジーナ）と出会うことができたが、牛飼いの親分の甥を誤って撃ち殺してしまった息子を白昼堂々と連れて帰ることはできなかった。大勢の子分たちが見張っているからである。凍りついてしまっている河の氷が溶けるのを待つしかなかった。そして待望の春が近づいてくる。河の様子は次のように描かれている。

今、河は急激に揺れ動いていた。ときどき、河が身動きしているのが見えた。河の身振りを見てとるには、しばらくのあいだ河を眺める必要があった。寒気のなかでは河はつねに不動だった。それから、山から走り下りてくる呼吸のようなものが聞こえてきた。木々を眺めてみても、何も動いていなかった。視線を河に移すと、河の古くなった皮膚が破れて、黒くて感じやすい新しい板状の肉が氷のあいだでざわめいているのが見えた。それから、水面は凍結し、くすんでしまった。まだ寒すぎたのだ。

しかし、この度は正真正銘の胎動だった。ときおり、大きな氷の塊が原っぱに投げ出された。その氷は、輝き燃えはじめ、雲が通りかかると輝きを失い、ふたたび太陽に当たると冷たく強い炎を投げかけはじめた。岸辺沿いの、河がかたい木々に流れをこすりつけることのできる場所では、すっかり解放された黒い水が美しく伸びていた。その水は大気を味わい、もう凍ることもなく、水面に内部から働きかける大きな流れが作る波や波形模様とたわむれて、しかめ面

デュランス河（シストロン）

を見せるだけだった。河が動いているのを見るのに、眠ったふりをして見張りをする鼬《いたち》のように見張る必要はなかった。河はもう遠慮したりしなかった。物音をたてるのにいささか喜びすぎているほどで、凍った背を少し持ち上げてふたたび下におろすだけで、いわば岸から岸まで河全体が軋むこともあった。そこで、自由になった水は岸辺から原っぱに上がり、雪を舐めることによって、大地のかつての顔、忘れられていた顔、膚がでこぼこした顔を出現させた。雨の日もあった。そうした日は新たな音のせいでとても短く感じられた。屋根瓦が歌い、小川が、傾斜した小路で、真新しい紐のような流れを作り、音をたてた。少し重々しい風のそよぎのなかでざわめいている空全体が、雨の振動に合わせて、山のなかの暗い谷間とむきだしの森の甲高い竪琴を歌わせた。その日、河は野性的な喜びでふくれあがった。かすかな雷鳴で充満した河は、突如波うち、柳の木々を根こそぎにし、ポプラの木々を転倒させ、いつもの巣窟から遠くへ押しやった。河はヴィルヴィエイユの森を揺さぶった。河は、デルフィーヌ・メリタのなめし革工場に人間ほどの高さの砂利と氷の詰まった波を投げつけたが、その波は壁にぶち当たっていった。なめし革職人たちは、大きな革の長靴をはいて雪のなかを走っていた。下の地方の奥底から丘の嘆きが立ちのぼった。河が丘を押しつぶそうとして締めつけているのが聞こえてきた。アーチ状の崖から鳥たちがやって来た。鳥たちは雨でふくれあがった翼で町の上を旋回したが、その翼はじつにきれいだったので、羽の色がすべて見えるほどだった。鳥たちは雲をふさぐほど高くまで舞い上がり、旋回しながらその地方のすべてを見わたした。高みにいる鳥たちには、雨のなかのルベイヤール地方の全体が見えるはずだった。仲間どうしで何が見えるか話し合っていた。雄のアオカワラヒワと思われる鳥が一羽、まっすぐ山の方に突進し、雲のなかに姿を消した。その鳥が全速力で戻ってきて、姿は見えなくなったが、霧のなかで鳴いているのが聞こえた。輪舞している鳥たちのなかをその鳥がまるで石ころのように突き抜けると、すべての鳥たちも翼を大きく羽ばたき、その鳥を追ってアーチ状の崖の方へ飛んでいった。空は雨が降っているだけで、鳥たちはもういなくなってしまった。さらに、夜が近づくと雨は止んだ。次の朝、すべてが静かで、凍結に押しつぶされていた[80]。

本格的な春の到来を待ちきれなくなったアントニオとマトゥロは、村の酒場に出てしこたま飲むことで鬱屈した日頃の憂さを晴らそうとした。恋するクララに便りを出したが彼女から返事が届か

支流のヴェルドン川（渓谷）

なかったので、自分は見限られたと絶望的になっていたアントニオの前に、クララを思わせるような少女が飛びこんできた。クララの幻影を求めてアントニオは彼女のあとを追う。ひとり残されたマトゥロは、店を出て、ほろ酔いかげんで道を歩いていく。そのマトゥロの背後から凶器が襲った。マトゥロが帰っていないのに気づいたアントニオたちが急いでマトゥロを探しに出たが、道に横たわっているマトゥロはすでにこと切れていた。

アントニオは、しかし、クララと再会することができた。息子のダニスも恋人ジーナとの撚《よ》りを戻した。二組の恋人たちを乗せて、雪融けの河を筏が下る。河の表情は人間の運命を映している。希望に満ちた四人は河を下っていく。彼らには新しい暮らしが待っているであろう。

春の大混乱だった。樅《もみ》が豊かに生い茂っている森の葉叢はまるで雲のようだった。林間の空き地はまるで灰が大量に舞い上がっているかと思わせるほどの煙りようだった。棕櫚の葉のような形の葉叢のあいだから蒸気が立ちのぼっていた。その蒸気は野営地の火の煙のように森から出てきた。蒸気は揺れていた。森の中でも、同じような無数の煙が、野営地の無数の火のように揺れ動いていた。まるで世界中のあらゆる遊牧民が、森のなかで野営をしているようだった。春が大地から出てきただけのことである。

雲は、重々しい枝に似たくすんだ色を少しずつ帯びてきた。また、雲は、木々の大きな塊まりの重々しさ、木々の喘ぎやその樹皮や腐食土の匂いも取り入れていた。谷間の周囲に新しく芽生えてきた草の縁取りがあるだけの、がらんとした谷間の上に、雲は重々しくのしかかっていた。

新たに湧き出た泉によって潤された牧草地は、ビロードのようなかすかな歌を歌い、高い木々はあちこちで船の帆のように軋んでいた。黒い寒風は東から吹いてきた。その寒風は嵐や並外れた太陽を絶え間なく運んできた。谷間の雲は寒風の下で動悸を打っていたが、急に、その雲は自分たちのベッドから身を引き離し、風のなかに跳躍していった。大粒の灰色の雨が空を横切った。すべてが姿を消してしまった。山も森も。雨は雄山羊の腹の下の長い毛のように寒風の下に垂れ下がっていた。雨は木々のなかで歌い、広い牧草地を静かに横切っていった。そのとき太陽が現れた。それは濃厚な三色の太陽で、狐の毛より赤茶色で、あまりに重くて熱いので、物音も身振りもすべて押さえつけられてしまっていた。寒風がまたわき起こった。深

マルセイユ運河を支えるロックファヴールの水道橋（水は最上部を流れている。1847年建造、高さは83メートル、長さは400メートル）

い沈黙《しじま》が訪れた。まだ葉をつけていない枝は、無数の小さな銀色の炎をきらめかせていた。それぞれの炎の下の輝かしい水滴のなかには、新芽がふくらんでいた。樹液と樹皮の濃厚な匂いが、不動の大気のなかで一瞬のあいだ煙った。通過していった雨の足音が、森の底の方に下りてきた。新たな雨が樅の林を訪れ、寒風が重々しく垂れこめた。雨と太陽の黒い斑点が、虹の茂みの下に広がるその地方を隈なく歩きまわった。

大地の深く穿たれた大皿のなかで、雲は痙攣しつつ、ゆっくりと小麦粉のスープのように濃くなっていった。ときおり、巨大な泡が破裂して閃光を投げかけた。雷鳴は山のなかのありとあらゆる谷間の広大な森林を揺り動かした。ついで嵐は自分の巣窟から立ち上がった。嵐は村や原っぱを踏みつけ、金色の爪で木々をわしづかみにして引き裂いた。

水の流れは踊り、すべての草の下をどこもかしこも掘り起こした。斜面の下り坂から、豊かな水源が猫のように喘ぎながら飛び出した。雪はすでにすっかり溶けてしまっていた。水に満ちあふれた血色のよい黒い大地が現れてきた。鳥たちが歩きまわると、大地は水を飛び散らした。太陽と水にすり減らされた雪渓は、巨大な岩石が所狭しと詰まっている狭い回廊を、たっぷりした奔流となって流れていた。

寒風は止んだ。不動の雲が、地平線上に、叢雲の密生した繁みを、洞窟を、暗い階段を、太陽の光のすべてが開花しつつ消えていく青い深淵を、積み重ねていった。暑かった。日陰でさえ暑かった。寒風が最後の身震いをすると、雹がぱらぱらと降ってきた。太陽は日増しに自分本来の色合いを取り戻した。太陽は朝になると、雲を取り入れるかのように昇り、解放された空の細かい砂の上をそっと放浪しはじめた。毛の生えている動物たち、羽根のある動物たち、つるつるの皮膚の動物たち、冷たい動物たち、熱い動物たち、地面や樹皮や岩壁に穴をあける動物たち、泳ぐ動物たち、走りまわる動物たち、すばらしい飛翔力の動物たち、このような動物たちのすべてが、昔の動作の記憶を頼り、泳ぎ、走り、飛びはじめた。そのあと、すべての動物が静止し、暑さを吸いこみ、光の金色に震える格子のなかで鼻面を使って甘酸っぱい愛の痕跡を識別した。長い黄昏のあいだ、太陽は、動物たちの呼び声や水の多彩な流れの音がこだまする谷間の向こうへ沈んでいった。

氷河は溶けていた。岩のあいだの縦溝に細く小さな氷河の舌が残っているだけだった。さまざまな滝で覆われている山は太鼓のようにとどろいていた。小さな流れはもうなくなってしまった。頑丈な腰を持ち、氷塊や岩石を運ぶ筋肉質の奔流が、きらきら輝き、泡で煙りながら、樅の木よりも高く跳び上がり、岸辺を深く掘りさげ、森のさまざまな断片を運び去っていった。水、岩、氷、木々の骨、これらが鋼鉄の太い枝のように捩れながらその地方を流れ、ごうごうという唸り声をあげ、大河に合流していった。大河は、普段の川床よりずいぶんと遠いところまで大量の水を運んでいったので、孤立した農家、木立、小さな丘、ポプラ並木などを飲みこんでしまい、もうほとんど動かなかった。丘のうねりのなかに迷いこんだ大河は、ゆっくり川面を太らせていった。遠くの岸辺から、河のまん中を堂々とした流れが白波を立てているのがかろうじて見えるだけだった(81)。

ドビュッシーの交響詩『海』が、夜明けから正午までの海の様子、波の戯れや風の働きかけなど、刻々と変化してやまない海を力動感や色彩に満ちあふれる繊細な音響で表現したように、春の雪融けとともに大量の水を満々と湛えて流れるデュランス河をジオノは描写する。この作品は河の壮大な叙事詩である。そしてそこには河の周辺のありとあらゆる自然の要素や人間たちの活動さらに二組の恋人たちの将来が組み込まれているのである。

第十章　サン＝ニコラ要塞とサン＝ヴァンサン要塞

ジオノは二度刑務所に入っている。最初は、今にも第二次大戦が勃発しようという時に、戦争の無意味、愚劣を説いた文章(82)を発表したからである。第一次大戦に足かけ五年にわたり参戦して、戦争の悲惨、残酷を体験してきたジオノの文章は、鋭く雄弁に戦争を糾弾する。

政府は今回の戦争は正義のため、自由のため、国の平和のため、つまり国民の利益のためであるなどと八方手を尽くして国民の戦意を高める。そして多くの国民は次第にそう思うようになっていく。どうしても自分たちの国は繁栄してほしいし、自分たちの国が敗れるのは好ましくないからである。そうした戦争を操るのは政治家、軍人、商人たちであり、すでにかなりの年齢に達しているために自分では戦争に参加できない(参加する気のない)老人たちである。実際に戦争を行うのは若者たちであり、敵国でも政府は彼らの国の正義や自由や平和のためだといって若者たちを戦場へと駆り立てているのである。正しい戦争などありえない。かりに戦争に勝利したといっても、その向こうに自由や平和が待っているわけではない。ジオノは若者たちに語りかける。

しかし現実には、戦争の向こうで君たちを待っているものは何もない。戦争の向こうには何もないのである。君たちはごく単純に「奉仕する」だけである。戦争が保護するのは戦争だけである。戦争が作りだすのは戦争だけである。真実は極度に単純である。あまりにも単純な真実を何度も繰り返し言い続けねばならないので、精神は狼狽を隠すことができない。戦争は、じつに単純なことに、平和の対極にある。破壊行為は、破壊する対象を保護することはないし、それを構築することもない。君たちは戦争によって君たちの自由を守るつもりなのだろうか？　戦争は、すなわち、君たちの自由の全面的な喪失を意味している。自由の全面的な喪失が、どうやって自由を保護することなどできるだろうか？　君たちはずっと自由のままでいることを望んでいるのだが、君たちはただちに服従しなければならない。君たちが絶対に勝利を得ようと望めば、君たちは絶対に服従しなければならないからである。君たちは、それは勝利を獲得するまでの束の間の服従だと私に言う。言葉は安易に信用してはいけないよ。いったい誰の勝利だと君たちは言うのかね？　君たちは隊列を組み足並み揃えて行進し、「頭右《かしら》」の動作を行い、武器を勝利の門［凱旋門］の下にいたるまで掲げ続けることになるはずだ。そういう君たちの勝利だとでも言うのかい？　とんでもない。君たちが武器を掲げている相手、「頭右」の号令に合わせて君たちが敬礼している相手、こういう人物たちのための勝利だよ。君たちは戦争によって君たちの自由を守った、君たちは自由の戦争に勝ったなどと言うが、実際には、君たちはこれ以上は考えられないないほどの全面的服従の状態に置かれている。君たちはそれは「束の間の」服従だと言うが、その束の間の服従を誰が終息させると言うのだね？　服従を終息させるのは君たちではない。何故なら、君たちはもう自由ではないのだから。君たちの上官たちの善意がそれを終息させるのだろうか？　ところで君たちは自分たちの自由が上官たちに従属していることを容認している。そして、その自由が従属しているのなら、君たちにはその自由を守れるはずがない。君たちは避けようとしていた危険のただなかに落ちこんでしまっていることになる。それ故に、戦争は自由を守ることなどできないのである。戦争は戦争そのもの以外の何物も守ることができない。そして、戦争が君たちに柱や紐や目隠しの布［銃殺のための小道具］を見せつけるとき、戦争はひたすら自分自身だけを守っているのである。[83]

ジオノは戦争が戦争のためにのみ行われるのであって、平和を求めて行われる戦争などどこにもないと断言している。『純粋の探究』には、長期にわたり戦争に参加し、戦争の無意味さが骨の髄までしみわたっているジオノにしてはじめて書けるような内容が充満している。

事実、庶民が戦争を望むなどということはない。両親は息子を戦場に送りこむよう強いられるので、そうするだけである。喜んで息子を戦争に向かわせるなどということはありえない。息子を戦地に送り出すのは嫌だなどとはとても言い出せないような雰囲気が国の隅々まで浸透してしまっている。苦しみを押し殺して親は息子を送り出す。戦死した息子に対しては、お国のためにご子息は戦死された云々と決まりきった言葉が当局からかけられるだけである。庶民はいつでも悲しみや苦しみを耐え忍ぶのである。

手術台に縛りつけられているこの犬［兄弟の犬に自分の血液を提供するための手術を受けている犬］のイメージが私には気にいっている。戦争を庶民が望んだことは一度もない。庶民はいつでも戦争を耐え忍んできたのである。好戦的な庶民は存在しない。好戦的なのは政府だけである。そしてこのことは戦争が人工的だということをよく証明している。人工的な必要性に駆り立てられた人工的な人間たちだけが、戦争を準備し、ついでその戦争を庶民に受け入れさせることができるのである。私たちに向き合っている現代の政府の内部の事情をじっくりと数えてみるがいい（私は公式的な政府のことを問題にするのと同時に、潤滑油にいたるまでのこの政府という機構全体の歯車の内側のことを問題にしている）。私たちに向き合っている政府の男たちのすべてを調べてみるがいい。彼らのなかに、生きるということがどういうことなのか実際に知っているような人物がひとりでもいるだろうか？　あなたの心配事を共有してくれるような人物がひとりでもいるだろうか？　そう、あなたが心配していること、つつましく生きているあなたの苦労、つまり自然に暮らしている人間の苦労の数々、こうしたものを共有できる人物がひとりでもいるだろうか？　戦争と平和を掌握しているこうした人間たちのなかに、平和があなたにもたらしてくれるものと、戦争があなたから取り上げてしまうものを、感覚的に理解できるような人物がひとりでもいるだろうか？　つつましい生活者であるあなた、大地の上に暮らしている簡素な人間であるあなた、この地球に住んでいる純朴な生活者、自然な人間であるあなた。戦争があなた自身から取り上げてしまうもの、戦争があなたの内部において破壊してしまうもの、戦争であなたが失ってしまうもの、こういうものを理解できるような人物がひとりでも政府のなかにいるだろうか？　誰もいないのである。政府のなかの誰ひとりとして、そんなことを知っているはずがない。彼らは人工的な必要性に隷属している。そもそも、戦争というものを、彼らが自分でやってのけるわけではない、彼らは戦争を他の者たちにやらせるのである。彼らは外科医同然である。彼らは手術し、声明を作成する。それは、「素晴らしい動物が、いつも変わらぬ従順な態度で手術を喜んで受けている」という最初の表現ではじまり、意気揚々と読み上げられる「私は成功した」という最後の表現で終わる。途中のどこかに、「素晴らしい動物は死んだ」というきわめて簡略な表現がまぎれこんでいるはずである。[84]

政治家や軍人や大物商人は、国民ひとりひとりの苦しみや喜びなどに何の関心も持っていない。彼らは国を動かし、戦争という壮大な遊戯の主役を演じることに嬉々として戯れるだけである。兵士個人の死に彼らが痛みを感じることなどまったくないのである。こんなことを公言する人物を放置していては大変である。好戦的な政府にとってこれほど危険な人物はいない。ジオノはさっそく拘留され、マルセイユの留置所に入れられた。逮捕されたときのことをジオノは『アムルッシュとの対話』のなかで次のように回想している。

ジオノ　三九年の逮捕のことです。しかし、服従の拒絶によるものではなくて、動員がかかっていたときの逮捕でした。私は二人の憲兵に挟まれていました。彼らはまず私を自宅に連れていきました。それまで自由であり、息子であり夫であり父親でもあり、家のなかを自由に歩きまわっていた男と、今二人の憲兵とともにいる、つまり逮捕されているこの男とを見つめている、家族たちの視線の違いを私はたちどころに見て取ったのです。こうしたことはすべて、私には限りなく興味深かった。私はエリーズ［ジオノの妻］を信頼していたし、二人の娘を信頼していたし、母親も信頼していました。私の家はこうした人物たちで構成されていました。私には彼女たちがそれぞれこの事実をしっかりと受け止めてくれることがよく分かっていました。その瞬間から、私は途方もなく自由になりました。これは二人の憲兵のあいだにいる人間を形容するには逆説的な言葉です。私は自分に対して完璧に自由になりました。憲兵たちや牢獄に対して私の経験を自由に積み重ねることができました。二度の監獄体験を要塞で過ごしました。おそらく、私が並外れた人物だったので、私を監禁するには要塞が必要だったからでしょう。そこで私はマルセイユの要塞に入りました。独房の生活をはじめたわけです。つまり完璧な独房の生活だったのです。最初、軍事当局によってすぐさま八日のあいだ〈独房〉と呼ばれているところで過ごすよう宣告されているのだと思いました。そこは究極的な監獄で、光も食料も与えられないというものでした。つまり食料は四日ごとに一度だけ与えられるというきまりでした。私にとってはじつに簡単至極な体験でした。私が出獄したとき、友人たちは私がはつらつとしているのを見て、驚いたものです。私は彼らに言いました。「あんなことはぜんぜん大したことではないよ。あの監獄のなかで、一日に三回食事が与えられ、チキンやイセエビやシャンパーニュや葉巻が提供されたりしたら、それこそ大変だったことだろうよ。」そんなことになっていたら、力強い生き方を強いられることになり、あのような状態の独房には耐えられなかったでしょう。しかしながら、パンと新鮮な水を養分としていたために、私はよく眠ることができました。眠ることができる人間は、完璧に自由なのです。私は眠りました。この独房のあとで、普通の法に違反した囚人たちが収監されていた監獄に移動しました。空き巣ねらい、偽造者、倒産者、放火犯人、殺人者たちと仲良くなりました。一番感じがよかったのは殺人者ですね。私たちが殺人の被害者でさえなければ、殺人者たちは途方もなく好感が持てますよ。本当にそうでした。ただし彼らは殺人を犯しているのです。セルニヴァントという名前の殺人者がいました。今どうしているか私は知りませんが、とても感じのいい男でした。私が今書いていることを知ったとしても、私が彼のことを話題にしていることに満足の意をあらわすことでしょう。セルニヴァントは、彼の妻につきまとっていた男を殺害したのでした。彼はナイフで、彼の言ったところではナイフの先端近くを握り締めて、その男の腹を十回ほど突き刺したのです。彼に刺されて死んだ男は、彼に対してきわめて下品な策略を弄したのだそうだ。そこで私たちは仲良くなったというわけです。(85)

ここで言われている「マルセイユの要塞」とはサン＝ニコラ要塞のことである。海に向かってマルセイユの旧港に立つと、港の出入口の左側の海のすぐ近くにこの要塞はある。二〇一一年の八月、マルセイユに滞在していた私たちは、マルセイユの昔の面影を体験するためパニエ地区を散歩したあと、港湾に近づいた。サン＝ニコラ要塞は正面の対岸にあった。また、マルセイユを見おろすように丘の上に聳えているノートルダム・ドゥ・ラ・ガルドからも、はるか彼方にサン＝ニコラ要塞が見えていた。要塞(Fort)と名付けられているだけあって、分厚い壁だけでできている無表情な建物である。遠くから見るだけでは、窓などの開口部があるかどうか分からない。

こうしてジオノは海辺の監獄で三か月を過ごしたが、二度目には山のなかの標高の高い監獄に入ることになる。そこで半年過ごすことになったが、調書の罪状のところは空白になっているということである。最初ディーニュの監獄に入っていたジオノが、散歩することができる山のなかの収容所に移送してもらうよう頼んだ結果、サン＝ヴァンサン要塞に移送されることになった経緯を、ジオノはアムルッシュとの対話で次のように語っている。

ジオノ　ついに、ある朝、朝食を食べている最中に、マノスクの正規の警官が二人やってきて、

サン＝ニコラ要塞

合法的な逮捕命令書を私に示したのです。その合法的な逮捕命令によって私は逮捕されたのです。彼らはこう言いました。

「じつは私たちは家宅捜索をするように命じられているのです。しかしあなたにも分かっていただけると思いますが、家宅捜索はしません」

「了解しました」彼らにこう言ってから、私は朝食を続けました。そのあと私は警察の詰め所に連れていかれました。そこに一日いたあと、ディーニュへ移送されました。すぐさま、私の友人でもあるレジスタンスの責任者たちが私のところにやってきました。オート＝プロヴァンス県やパリでかなり重要な地位を占めている何人かの人たちの責任問題になってしまうので、彼らの名前は明らかにできません。つまり、当時のレジスタンスの責任者たちがやってきて、次のように言ったのです。

「どうしたんだい？　何故君がこんなところにいる

のだ？　何が起こったのだ？」

「私には何も分からない！　ともかく、ここまで連れてこられたんだよ！」

「心配は無用だ」

そのときから、彼らは私の面倒を見てくれるようになり、新聞やチョコレートを差し入れてくれました。監獄の所長までもが私を丁重に扱ってくれたので、万事がじつにうまく運んでいました。ところが、散歩はわずか四メートルか五メートル四方の中庭でしかできないこのディーニュの監獄で疲れ果ててしまったので、私はレジスタンスの責任者たちのひとりに言いました。

「山のなかのサン＝ヴァンサン要塞にある強制収容所に送ってくれないか。あそこならもっとくつろげるだろう。自然のまっただなかだし、森もあるからね」

「それは分かるが、あんなところに行ってしまうと、私から離れてしまうし、これまでのように世話したり見守ったりできなくなるじゃないか」

「そんなことは必要ないから、ともかくあそこに私を送ってほしい。ずっと楽になるはずだから」

そして彼は私をそこに送ってくれたのです！　そしてそこで、すでに話したような監獄の生活が続きました。そこは軍部の監獄でした。独房ではないということが違っていました。さまざまな人たちと一緒に暮らしたのです。薬剤師、医者、公証人、大佐、大尉、司令官、農民、

サン＝ニコラ要塞（背後はノートル＝ダム＝ドゥ＝ラ＝ギャルド大聖堂）

きこり、職人、毛織物商人など、オート＝プロヴァンス県のたくさんの人と私は知り合いになりました。彼らとともに私たちは規則的でささやかな生活を送ったのです。絶望のあまりすっかり塞《ふさ》ぎこんでいる人たちも、もちろん、いました。また、自分が監獄に入れられているということに耐えられない人もいました。私は、マルセイユのサン＝ニコラ要塞の監獄に入っていたときの体験はすでにあなたに話しましたが、あの頃とまったく同じように考えて暮らしていました、周囲には山があったし、毎日のように通っていた森のおかげで、かなり快適な、じつに快適なと言ってもいいくらいの生活でした。冬が近づいてきました。私たちは何しろ標高がほとんど二千メートルのところで暮らしていたのです。寒くなりはじめたので、私たちは自分たちで薪を切り出しにいくという雑役を組織しました。収容所長は、最初のうちは、私たちに外出させることにある種のためらいを示したものです。私は彼に会って、こう言いました。

「だけど、シャボーさん、あなたは私が逃げ出したりしないということくらい分かっているでしょう！」

「もちろん、あなたは脱走したりしないだろう。だけど、他の囚人たちは分からないよ」

「他の囚人たちのことは私が責任を持ちます。つまり、彼らも私とともに外出させてください。そうすれば、木を切ってきます。暖かくなるじゃないですか」

そして、そういう具合に事が運んだのです。私たちは毎日のように森に出かけ、落葉松を伐採し、滑り溝を使って落葉松を投げ下ろしました。材木が下に着くと、他の仲間たちが雑役をこなしました。材木を取りこみ、のこぎりで切ったのです。とても楽しい作業でした。(86)

このサン＝ヴァンサン要塞の村はセール＝ポンソン湖を見下ろす丘の上にある。二〇〇四年の九月に私たちはこの村を訪れた。上昇気流が強いのであろう、たくさんのパラパント(ハングライダー)が舞い上がっていた。上空には三十以上の色とりどりのパラパントが、空に花が咲いているように、悠然と浮かんでいた。あの上空から眺めるとどんな風に見えるのだろうかなどと私は空想した。この村はパラパントの名所らしい。

村のなかを歩いていくと、山を背にするようなところに頑丈そうな建物が目についた。住民たちの話では、それがかつて監獄として使われていた建物だということであった。現在はオーバーニュ

サン＝ヴァンサン要塞

（マルセイユの東十五キロのところにある町）のヴァカンス用の施設だということを示す看板が立っていた。

ユバイユ川を挟んでこの建物の対岸（北側）には岩山（二三七九メートル）がある。この岩山の連山を右（東）にたどっていけば、グラン・ベラール山（三〇四八メートル）にいたる。建物のすぐ裏側（南）には樹木が生い茂っている山（ドルミユーズ山、二五〇五メートル）が聳えている。ジオノたちが木を伐ったのはあのあたりだろうと思って私はその森林を眺めた。

ジオノはこの村を「標高がほとんど二千メートル」と形容しているが、これはいささか大げさで、実際の標高は約一三〇〇メートルである。なお、別の対話ではもう少し正確に一四〇〇メートルだったとジオノは語っている[87]。

セール＝ポンソン湖のはるか彼方には雪を頂いたエクラン山塊が見えている。空気はいいし、湖と山を同時に見渡すことができる景色は最高で、パラパントの観光客も押しかけてくる、理想郷のような天空の村であった。しかし、住人たちは冬は寒くて大変だと冬の厳しさを強調した。家々の軒には薪がうず高く積まれていた。

カリエールとの対話でもジオノは、この人里離れた、標高の高いところにある監獄での生活を楽しそうに回想している。

ジオノ　サン＝ヴァンサン要塞はラ・セーヌ北方の山のなかにあります。とても高いところにあって、ひじょうに美しい。景色は出色でした。しかし、そこが快適だったのは、私があいかわらず雑役の愛好者だったからです。私は薪の雑役を要求してみました。冬だったのでね。何といっても標高が一四〇〇メートルもあったし、薪を作ったのはそれよりもっと高い山頂の近くだったのです。ひじょうに寒かった。ある日、監視人と話していると、彼はこう言いました。「凍えるねえ。とくに私たちの妻たちや子どもたち(彼らには妻子がありました)は凍えてしまう」

「身体を暖めるための材木が容易に見つかるところで、凍えるなんてとんでもないことですよ」私は彼にこう言いました。

「いやいや、材木はディーニュの県庁から支給されるので、いつでもタイミングよく受け取れるというわけでもないのだよ。それに、みんなが暖まるに足るほどの材木が与えられるわけでもない」彼は私に言う。

サン＝ヴァンサン要塞

「まわりは森だらけじゃないですか。私たちは八十人もいますよ。なぜ、森に行って木を切らないのですか？　簡単なことですよ。切った木を燃やせば私たちは暖まることができるじゃないですか」

「しかし君たちは脱走するつもりだろう」彼は私に答える。

「だけどなぜ私たちが脱走すると言うのですか」私は言う。「私なら信頼できるでしょう。私は脱走したりしません。私が指名する男を二人同行させてもらえれば、私が彼らを連れていきます。誰も脱走なんてしませんから」

その結果、私に二人の男が任され、私たちは木を切りに出かけました。私はこの作業をいつもやっていました。私たちについてきていた監視人は、自分は木を切らないので足が凍えてしまう。そこで靴底を打ち合わせねばならなかったのですが、しまいには、私に次のように言うようになりました。

「いいかい、私を呼びに家までやってきてほしい。ココアを少し飲んでもらうこともできるだろう」

彼の奥さんがココアを少し入れてくれました。彼は、リスを殺すようにといっていつも私にカービン銃を渡してくれました。私はこれまでリスなんて一匹も殺したことがないのに！　君にも想像できるでしょうが、リスはたくさんいました。しかしリスは殺すにはあまりにもかわいい。しかしながら、私はいつものように監視人のカービン銃を持っていきました。私たちは山に登り、木々を伐採したのです。木々を下に引きずり下ろしてきたので、みんなの身体を暖めることができたのです。君にはもうお分かりでしょうが、この監獄は私にはとても快適だったのです(88)。

まるでこの村でヴァカンスを過ごしたとでもいうような口ぶりなのが印象的である。監獄に入れられた人間は、最初のうちは投獄という現実を受け入れることができないために、精神の安定を失うことがしばしばあるとジオノは述べているが、ジオノ自身はそうしたこととは無縁だったようである。精神の強靭さを印象付ける記述である。

最初の監獄での経験のあとで書いたのは『メルヴィルに挨拶するために』で、二度目の監獄体験のあとでは『気晴らしのない王様』だったとジオノは回想している。

ジオノ　いったん我が家に戻ると、この監獄の経験を私の生きがいであり私の仕事でもある、書くという作業のなかで表現する必要がありました。万事を大げさに表現して、例えば「二十年の拘留生活」とでもいうような本を書く必要があったのです！　当時私たちはすべてが度を越しているような状況に置かれていたのですが、もちろん私は本を書くことができたことでしょう。獄中の体験がそうした体験として本当に注目に値するものであったのならば、私は監獄についての本を書いたことでしょう。私が監獄から出て書いた本がどのようなものだったかあなたはご存知でしょうか？　ごく単純なことですが、私は『メルヴィルに挨拶するために』を書いたのです。海や、帆船や、船乗りを扱った陽気な本です。イギリスを創作する必要があったし、遠いさまざまな国々を創作する必要があったし、当時はこのアメリカ人「メルヴィル」についての記録を入手できなかったのですが、このアメリカ人も創り出す必要があったのです。アメリカからの小荷物は受け取ることができなかったからです。ともかく私はその本を書いたのです。『メルヴィルに挨拶するために』は、最初の牢獄生活から生まれてきた本なのです！(89)

『メルヴィルに挨拶するために』は、『モービー・ディック』のフランス語訳の序文として書かれた。メルヴィルの両親やメルヴィルの子供時代のことがまず話題になっている。波乱万丈の船乗り生活を体験したあと、作家として活動していたある時、メルヴィルは出版のための談判をしようとロンドンの出版社に原稿をたずさえて乗りこんでいった。意外にも要求のすべてがあっさりと受け入れられてしまったので、暇な日々ができた。メルヴィルはあてのない旅に出る。このあたりからジオノの創造力が自由奔放に活躍することになる。乗合馬車で一緒になった貴婦人と少しずつ親しくなり、魂が通い合う会話をしたあと、住所と名前を交換して別れることになる。

この貴婦人と親しくなるとともに、ハーマンは詩人としての能力を発揮しはじめる。彼が語る言葉は世界のさまざまな要素をありありと目の前に出現させるのである。身体が束縛されていた監獄生活のあいだに、ジオノの空想力、創造力は途方もない飛翔能力を獲得してしまったようだ。いっさいの束縛を超越してしまった想像力と言えるであろう。ハーマンが世界のさまざまな要素を自家薬籠中のものとして語っているのは、『世界の歌』の主人公アントニオが自由奔放な想像力を獲得するまでに成長し、クララに河のことや魚のことや鳥のことや花のことを雄弁に話し聞かせているようだ。

その時、ハーマンは自分たちの前に広がっている世界について語りはじめた。彼は、空がまるで彩色された絹でできているかのような具合に、空を端から端まで巻き取った。そうすると、瞬間的に空はもうなくなってしまった。ギャロップで疾走する馬の蹄が四回聞こえるか聞こえないうちに、ハーマンは空をふたたび広げた。しかし、空は今では大きな皮膚に成り代わっており、その皮膚は動脈や静脈さえも覆ってしまっていた。秋の雨嵐が高原のあたり一面にへばりついていた。彼は雪を含んだ雲が二つ重なっている間に見える空の切れ目をさし示した。その切れ目は木の葉の形をしていた。その色は夜に特有の緑色で、その色を通して空間が奥深くまで穿たれている様子が見えていた。

「あなたは月桂樹の葉を手で持った記憶がありますか？」

「ありますよ」

「その葉の色を覚えていますか？」

「覚えているわ」

「それは夜のようにくすんでいた」

「そうです」

「しかしながら、それでも緑色だったでしょう？」

「そうですね」

「きわめて遠くからやってきて薄暗い色彩の向こうから登ってくるような緑色なので、その葉はまるで世界を表わしているようだった」

「そうだわ」

「とんでもない深淵がその葉のなかに口を開けているようだったでしょう？」

「その通りです」

そうすると急に、彼女にはその空の切れ目が手に感じられた。空の深淵が自分の手のなかで深まっていくのを彼女は感じた。そのことが目のすぐ前で見えた。それは、彼女がとても小さくて空が無際限に大きいという、いつもの世界と同じ世界ではなかった。そこでは、彼女が無際限に大きくて空はごく小さかった。かつて彼女は月桂樹の葉を手に取ったことがあるというだけの理由でそういう風になったのである。その葉の果肉は夜の薄暗い緑色の砂のような広大な埃と似ている。とりわけ、ある声が彼女にそのことを言い、二つのイメージを結びつけ、光を持ち運んできたからでもあった。

彼は森林を近づけた。彼が彼女に見せているような森林を彼女はこれまでに見たことがあるのだろうか？　ないはずだ。彼は彼女のためにそれをひっくり返して見せた。裏、表、東、西、北や南の神秘、苔、茸、匂い、色など。

「あれは見たことがありましたか？」

「いいえ」

「これはどうでしょうか？」

「見たことがあります」

彼は森林を元の状態に戻していた。森林は後退し、小さくなり、地平線の端に横たわっていた。樹皮が馬の皮のような白樺を彼女はしっかり見分けただろうか？

「いいえ」

彼は白樺たちを呼び寄せた。そうすると白樺たちが近づいてきた。彼女は、まるで普通の田園にいるかのように、また自分が樹木にもたれているかのように、白樺を間近に感じることができるだけでなく、自分の心のなかで白樺を実感することができた。彼は蜜や物音や匂いや形や葉や四季などを具えている樹木を自在に操っていた。彼がどうやって樹木を掌握しているのか知る由もなかったが、彼女は樹木を心のなかで感じていた。それと同時に、彼女はその樹皮に触れることができた。彼女は、実際には何も持っていないのに甘美な感覚を手で感じることができたのであるが、そうした感覚を味わったことはそれまで一度もなかった。その手は、白樺に触れていると思うことができたし、彼が言っていることをその白樺に触れながら感じとっていると認識することができた。

「あの小さな沼地の水を見てください」

そうすると、イグサ、オタマジャクシ、カエル、バン、カモ、カワセミ、ありとあらゆる鳥の羽、花咲いたイグサの綿毛、タール、雨の匂いなどを引き連れて水が彼女に近づいてきた。(90)

『世界の歌』のなかで、アントニオが盲目の女性クララに対してどうやって目に見える世界を説明したらいいのだろうかとあれこれ自問するところがあるが(91)、今、ハーマンはそのことを楽々と実現しているのである。

彼は残りのすべてをそのままにして、大きなオルガンのペダルをほんの少し緩めるような具合に調子を弱めただけだった。そうすると、鳥たち、魚たち、カエルたち、タールを塗ったような沼地の全体、イグサたち、こうしたものが世界の穹窿の奥底で通奏低音の伴奏として鈍い音を発した。そして彼は雨の匂いをフーガで歌わせた。世界のあらゆる土地で何世紀にもわたり延々と続いていた古い雨のすべてが、広大な麦畑の小麦の茎のように、まっすぐ立ち直った。彼女は子供時代の雨をふたたび見出した。日曜日の午後、ネズミの匂いが漂う屋根裏部屋で、騎士道物語の古びた本、時刻を刻まなくなってしまった掛け時計のぜんまい、動くことのない古びた自動人形、山羊の革で覆われた大箱、雨で洗われている屋根の匂い、すべての人が神殿に集まっている静かな町に降り注ぐ雨などのことを。もうブリストル行きの馬車の屋上席にひとりの男のそばに坐っている女としてではなく、今では時間の絶対的な所有者として、彼は彼女を存在させていた。彼は自分の領域で彼女を生存させていたのであった。彼が彼女に彼自身の世界を与えてくれているということを彼女はまざまざと感じていた。彼が(昨日のように)黙って動かなかったとき、彼が彼女と離れていたとき(例えば昨日、彼女がまだ彼のことを知らずに、彼がこの上で黙っており、彼女がひとりで下の客席にいたとき)、彼が誰とも関係がなかったとき、そうした時でもやはり彼は、彼が今世界を見ており、見ていると言っているような風に、彼は世界を見ていたのだった。こうしたことを彼女ははっきりと理解することができた。彼は自分だけのために雨を呼ぶことができる。今では彼は自分と彼女のために雨に呼びかけたのであった。彼は自分の個人的な世界に彼女を参加させていた。そしてそれはごく自然に彼女の世界になっていった。彼女にとってあまりにも個人的な世界になっていったので、この男が彼女に関して、彼女の秘密の生活に関してさえじつにさまざまなことを知っているように思えたので、彼女はしばしば恥ずかしく感じた。自分の心の境界を一度も越えたことのない少女の大胆さを彼女は思い起こした。そうしたことを彼女に語っているのは彼——昨日まで未知の人物だった彼——なのだ。出かけなさい。雨の匂いだ。土の下に戻りなさい。雨の古い収穫物だ。ご覧なさい。沼地が盛り上がってきた。色付きのガラス越しに見るように、水を通して彼女にはさまざまなものが見えてきた。野原の羊毛が彼女の夢のなかの壮大な騎士道に巻き付いた。秋の牧場が、彼女が情熱を持って過ごしていたすべての子供部屋を覆い尽くしていた。森林、林、木立ち、大きな樹木、こうしたものが、鳥たちによって大地から引きちぎられて、まるで肩掛けのように彼女のまわりを飛びまわっていた。それは、祖父の二輪馬車に乗って、真夜中にヴァカンスに出かけていくときに、彼女をくるんでいた肩掛けだった。木の根のなかに残っていた土の小さな塊がいくつか彼女のドレスの上に落ちてきたように思えたので、彼女は手でドレスをはたいた。最後に、彼らが昼の停泊地に到着したとき、足を地面におろすと、彼女はこう言った。

「お願いいたします。腕を貸していただけないでしょうか。酔ってしまいました」

彼らは同じテーブルで黙って食事をとった。

「おやまあ、あなたは急に蒼白になってしまいましたね。髭の下はまるで蝋のようですわ！」彼女はこう言った。

世界中で自分には彼女しかいないと彼は考えたばかりだった。返事することなく彼は彼女を見つめていた。彼女はこんなことを考えていた。彼が蒼白だなどと言ったのはよくなかったわ。彼は発作的に襲いかかる例の東洋の熱におかされているいるに違いない。彼は旅籠で床に就いた方がよさそうだ。私が介護してあげよう。

彼はこう考えていた。彼女は目の前にいる。その通りだ。しかし彼女は立ち去っていくかもしれない。彼女は都合でおそらく今日か明日にでも発つだろう。私はおそらく彼女を失うだろう。何故おそらくと言うのだろうか？　間違いなく私は彼女を失うことになる。彼が彼女を失わないような、現実の世界とは別のもうひとつの世界を彼は想像した。大気が透明だが頑丈な壁になっていて、その壁のドアのありかを私が知っているという状況が必要であろう。自分がそのドアをひらくと、その向こうにはもうひとつの世界があると彼は想像していた。「奥さん、ここに来てください」と彼は言った。彼女はやってきた。二人がそこに入ったあと、彼はドアを後ろで閉めた。そうすると、彼らは二人だけの国にいるのだった。それは想像も及ばない国で、そこでは彼女を知っているのは彼ひとりで、彼女の方も彼の他には誰も知っている人間がいなかった。彼らは離れることができないのである。(92)

アデリーナは、広大な空間のなかで生活している人間は大規模な解決策を思いつくと指摘している。ハーマンが船乗りとして大海原を活動の場としていたことに彼女は言及しているのである。そうした見解に対してハーマンは詩人の運命を語る。ジオノが創作したメルヴィルの詩人についての見解を聞こう。

「詩人であるということは、アデリーナ、いいですか、それは人間たちの運命の前を歩むということなんですよ。詩人は人のあとをついて行ったりはしません。詩人は敵対したりしません。前を行くのです。そして詩人は役に立ちません。詩人という存在のこうした必然性のなかには、不幸を招くための充分な理由が含まれています(93)」

一方、『気晴らしのない王様』についてジオノはこんな風に語っている。

ジオノ　この本のはじめの方で農民によって犯される犯罪が出てきます。それは完全に動機のない犯罪です。彼は人を殺す快楽を味わっています。彼の犯罪の犠牲になった死体をブナの木の葉叢に隠すという快楽を味わっているのです。人を殺害しその犠牲者を隠すということの単純な行為から巨大な快楽を覚え、それに満足しているのです。まず村人たちが探しまわるのはX氏であり、そのX氏を、最後に、フレデリックⅡが森林を越えて追跡し、自宅に入るところを目撃するにいたるのです。そのあとでその犯罪者をラングロワが自らの手で殺すことによって彼が裁きを行うことを私たちは目撃します。殺人者が洗いざらい自供し、どういう具合に殺人者が犯罪を行ったかを知ってしまったので、ラングロワは獰猛な獣のような人間の前にいることになったのです。のちほど狼と対面するときと同じことです。自分が犯罪者を殺せば簡単なことで、それで事件は完結すると考えたのでした。しかしのちほど、判定者ラングロワがX氏の家に戻ってくる場面を私たちは見ることになります。X氏の生活は正常だったし、妻はX氏を愛していたし、X氏には男の子があり、その男の子は信じがたいことだがX氏を愛していたし、彼が今眠っているふりをしているその部屋には殺人者の壮麗な肖像画が飾られているし、自分にとっては獰猛な獣であったこの殺人者の思い出が家族によって今でも畏敬されている、こうしたことにラングロワは気づくのです。自分にはあれほど異常だと思えたこの人物が、住民たちの一部の人たちには、とりわけ彼の家族にとっては、通常の人間だと思われていたことをラングロワは理解するのです。その瞬間から、ラングロワは、凡庸な人間でしかない自分にはあの男の反響がないだろうかと自問しはじめるのです。狼を殺したあと、この場面は最初の殺害を象徴するような場面なのですが、ラングロワは、気を紛らせよう、パスカルの表現を借りれば気晴らしを求めようと試みるのです。彼もまた人を殺しその死体を隠そうとするかもしれない、つまり殺すという単純な快楽を味わうだけのために殺人を犯してしまうかもしれない。こうした考えの方に休むことなく引き寄せられていくのを妨げてくれるような何かを彼は探そうとします。「家族に愛されておりまったく正常だったX氏はありふれた人物だったのだから」とラングロワは考える。「同じく正常な人間である私は、明日になれば、人を殺すという、しかも血を流すことに快楽を感じるという狂気あるいは体質に駆りたてられるかもしれない。」そのとき、ラングロワは何をするのでしょうか？　通常の気晴らしで気を紛らせようとするのです。その結果、彼は結婚を試みるのです。結婚しても期待していたような気晴らしは得られません。結婚のすぐあとで、そして妻をかつての殺人者が住んでいた場所へ案内したあとで、一羽のガチョウを殺したばかりの女性を訪問することにより、雪の上に落ちているガチョウの血を彼は見ることになるのです。赤と白が混じりあった色彩から筆舌に尽くしがたい喜びが感じられるので、その喜びに参加するかあるいは自分自身を抹消するしか自分にはもう出口が残されていない、ということを彼は認める。殺人者の声を聞きその姿を見てしまったあとでは、世界が引き続き存在していくためには、純粋にそして単純に殺人者を抹殺するしか打つ手がないと判断したのは、じつは判定者ラングロワなのです。殺人者がいても世界は存続するということに彼は気づきます。その結果、彼が自分のなかに持っているその卑劣な感情を他人が裁いてしまうのを耳で聞きとってしまうのです。別の言い方をするなら、彼自身の裁きを自らに当てはめてしまう。他人に当てはめてきていた裁きを自分に向けたのです。彼は裁く人です。ラングロワは、別の見方をすると、憲兵隊の隊長だし、法を行使する習慣を持っている男だということを見逃さないようにしましょう。彼はこの法を、権力における殺害者である彼自身に適用するのです。(94)

ジオノは牢獄に入れられても、小説の素材を何か獲得して出てくる。監獄という限られた空間のなかに閉じこめられても、精神は自由に広大な空間を滑空できるからである。メルヴィルの『モービー・ディック』のフランス語訳を出版するにさいして、その序文の途中までジオノはメルヴィルの伝記を書いていたのだが、メルヴィルがイギリスに出かけたところから、空想のメルヴィルが自由に歩き始めてしまい、アデリーナに出会うことにより、詩人の能力を自由自在に発揮することになった。ハーマンが樹木や動物や空などに憑依していくように、ジオノもまたハーマンのなかに自らの姿を全面的に投影していくのである。想像力が自由に羽ばたいていく光景が斬新きわまりない。

マルセイユの監獄のなかで知り合ったある若者のことをジオノは述べている。五年の禁固刑で監獄に入ってきたこのジョゼフという青年は、自分が監獄に入っているという現実を受け入れることができず、自殺をしてしまうかもしれないほど動転していた。その彼にいろんな話をして落ち着かせたあと、ジオノはジョゼフに自分の仕事の様子を話してほしいと頼むと、彼は美容師の仕事を事細かに話すようになり、気持も落ち着きを取り戻していった。

私たちは、予想外の出来事に遭遇すると、それをすぐさま現実と認めることができない。狼狽し自分を見失ってしまう。こうした時に私たちを現実に引き戻してくれるのは、毎日繰り返し行っている手仕事だったりするのだ。何かをやっていると、私たちの心の動揺は少しずつおさまっていくのである。ジオノは職人の仕事を高く評価していた。

要塞の正面にある集落と、その背後の岩山

ジオノはジョゼフの無罪を確信していた。釈放されるよう何とか試みてみようと言って、ジオノは先に出獄した。しかし、ジョゼフを釈放するのに役立つようなことは何もできないのだった。そうしたあるとき、ジョゼフが入っていたクレールヴォーの監獄がドイツ軍によって爆破されたため、囚人の多くは脱走してしまった。ジョゼフも脱走し、元の仕事場で美容師をしていると彼はジオノに電話してきた。それはよかった、おめでとうとジオノに祝福してもらえると、ジョゼフは単純に考えていたのであろう。再逮捕され再び獄中に戻る可能性を心配したジオノは、ジョゼフに牢獄に戻ってほしいと強く言った。釈放されるよう自分は全力を尽くすとも付け加えた。脱走の喜びを共有してもらえるものと思いこんで電話してきたジョゼフは、ジオノの反応に驚き、考えてみると言って電話を切った。しばらく間を置いて電話してきたジョゼフは、分かった牢獄に戻ると言った。

ジオノ　ジョゼフの話題に戻りましょう。ジョゼフは私を信頼するという決心をします。この決心は容易なものではなかったはずです。監獄に戻る必要があるのですから。当時、私の素晴らしい友人が警察で働いていました。彼は並はずれた人物でした。私は彼にジョゼフのことをよろしくと頼みました。「この青年は自発的に戻っていきますが、どういう人間なのかぜひとも調べてやってほしい。そしてよく面倒をみてやってください」と私はこの友人に言いました。「彼のことは私が引き受けましょう。彼が監獄に戻ってくるときには、私が立ち会いましょう」と彼は答えてくれました。そして、その結果、ジョゼフは戻り、監獄の理髪師になります。そして生活はかなり楽なものになったはずです。彼は独房に入っていましたが、その扉は夜だけ閉められるようになりました。牢獄のなかでも彼は自由に動きまわることができたのです。しかし牢獄に入っていることに変わりはありません。そして私は彼をそこから出してやるという明白な約束をしてしまっているのです。私はドラマのなかにはまりこんでいました。しかも、私を助けてくれるような人は誰もいなかったのです。ジッドは個人的な問題には手をつけなかったのでした。私はありとあらゆる角度から手を尽くしました。ついには、いかなる確信もなく、しかし何かの成果を得るためにはこの人物に働きかける必要があったからではなく、誰かにお願いをしなければならない私としては最後の努力をするしかなかったので、これは本当のことなのですが、ペタン元帥に手紙を書いたのでした。そしてジョゼフがどうして五年の禁固刑に服しているかを説明しました。ジョゼフ青年はアヴィニョンの監獄に移動しており、そのときはアヴィニョンにいたのです。信じられないことですが、これが事実なのですが、私が手紙を書いた一週間後に、ジョゼフが自由になったという手紙を受け取ると同時に、ジョゼフの釈放を知らせる彼の姉からの電報を受け取ったのです。以上が彼の物語の全容です。ペタン元帥の介入はまったくのゼロだったはずです。にもかかわらず、彼はひとつの有効な身振りをしてくれたのです。本当に無罪だったこの青年を何故彼が釈放したのか、今もってその理由が私には分かりません。この件に関して私にとって重要なのは、ジョゼフが監獄に戻ったとき、私を信頼しているというこれほどまでの証拠の証を示してくれた者はそれまで誰もいなかったということです。私の生涯を通じてあれほどの幸福を感じたことはありませんでした。私が本当はどういう風に考えていたか話しましょうか？　私は自分がとても大きな危険を冒していたし、ジョゼフはただひたすら純朴だったのだと思います！　そうです。まさしく二人とも純朴だったのです。彼と私は、この牢獄という途方もない組織や当時の司法組織と格闘していたのでした。当時の裁判所や当時の監獄を相手にして、この純朴な二人は、互いに相手を牢獄から出せると考えていたのでした。まるでチャプリンの映画のようです。ともかく、私の生涯を通じてもっとも明白で最高に感動的な証拠が見えてきたのが、ジョゼフとの関わりにおいてでした。このとき、今まで私たちにとって神秘的な状態にとどまっているいくつかのことを説明するためのテーマが与えられたということになるのではないでしょうか。私はこのことによって自分

が生きているのだという証拠が得られたのでした。(95)

ジョゼフに信頼されたジオノは、それこそやれることを何でも片っ端から実行してみたところ、何が効果的だったかまったく分からないが、ともかくジョゼフは釈放された。「私の生涯を通じてあれほどの幸福を感じたことはありませんでした」とジオノが心からの喜びを表現しているのが印象的である。

監獄のなかでの話題は多彩で楽しいが、あまりにも長く(三十年間)監獄に入っていたため、釈放されても親や知人もいなくなってしまっている外の世界ではとても暮らしていけないので、何とか監獄で働かせてほしいと戻っていった男の挿話はひときわ異彩を放っている。彼が入所する前には車だってまだ走っていなかったのである。このシャルルの物語はまるでジオノの作品のようだ。シャルルの少しあとで釈放されたジオノは、案内役としてシャルルに付き添ってやると約束していたのだった。マルセイユの監獄での話である。

彼は私より二日早く釈放されました。彼は私にこう言ったのです。
「よければ、俺はあんたを待っているよ。駅まで連れていってほしいんだ」
通りを横切っていて車にひかれることがないよう、彼を駅まで連れていってやろうと私は約

パラパント（ハングライダー）の名所

束した。私は約束していたビストロに入っていったのですが、彼の姿が見えないのです。

「あいつはいったいどうしているのだろう？　どこにいるのだろう？」と私は思いました。疑念が残らないようにとの思いで、私は監視人たちの詰め所まで登っていきました。

「ところで、みなさん、シャルルを見なかったでしょうか？」

「シャルルだって」彼らは笑いながら言ったものです。「シャルルは見たよ。奴はやってきた。戻ってきたのさ！」

「何だって？　戻ってきたって？」

「その通り。戻ってきた。ほら、あそこにいるよ」

「いったいどうしたんだ。また逮捕されたのかい。釈放されたばかりじゃないか！　ここでいったい何をしようというのだね？」

「『駄目だ、とても駄目だ。俺はもう他所では生きていけない』と言うのだよ。ここで暮らすために戻ってきたというわけだよ」

シャルルは戻ってきた。所長との会見を申しこみ、敬礼して、次のように言ったというのです。

「所長さま。俺は外ではとても暮らせません！　もう外で暮らすことなど無理です。あなたもお分かりかと思いますが、俺は外の社会でいったいどうすればいいのでしょうか？　父は亡くなったし、母も亡くなりました。姉も死んでしまっているのです。カヴァイヨンに行っても、知っている人が誰もいないのです。どうしたら家が見つかるのでしょうか？　働く必要があるでしょう。働き方が分かりません。ここでは俺は洗濯屋で使ってもらっていました。何とかして洗濯人として使っていただけないでしょうか？」

「それはいいとしても、ともかく、お前さんは町のなかに住む必要があるだろうが！」

「それはとても無理なことです！　どこでもいいですから私に片隅をいただけたら、それでいいんです！」

監視人たちの詰め所にいた男たちはこの光景を見ていたのです。彼らからこういう話を私は聞きました。[96]

第十一章　ラ・マルゴットの農場

二〇一四年の九月一日。私たちはマノスクの友人イヴの家に滞在していた。そのイヴが飛び切り素晴らしい情報を仕入れてきてくれた。イヴは医者であるが、同僚の看護婦さんがその日の朝、ジオノが所有していたラ・マルゴットという農場の所有者と知り合いだと言ったそうだ。私のことをおそらくイヴが話題にしたことがあったから、こうした情報を得ることができたのであろう。さっそくその農場の位置を確認した。念のためオディール・ファイエという所有者の名前まで聞いておいた。これはマーヌとフォルカルキエの間とは言い難いが、そうではないとも言えないところに位置している。

翌日、さっそくこの農家を訪問した。道路から五十メートルばかり入ったところに農家の建物はあった。入口に「ジット[民宿]、ラ・マルゴット」と掲示されていたので、ジオノが所有していた農場に間違いないと判断した。しかし、あらかじめ電話連絡したわけでもなかったので、車から降りて恐る恐る近づいていった。直子は「ここにいる」と言って、車のなかにとどまった。家をぐるっと一周したところで、老人が出てきた。

「声もかけないで敷地のなかに入って申し訳ありません。日本からやってきたジャン・ジオノを研究している者なのですが、この農場はかつてジオノが所有していたものでしょうか?」

「そうですよ。この農場は私がジオノの未亡人から買ったのです」

「いつのことですか?」

「一九七五年です」

こうした感じで話し合っているとき、同行していた友人のベルトランも話に加わってきた。そして一台の車が外から敷地内に入ってくるのが私には見えた。その車を運転してきたと思われる老人の娘さん(と言っても五十歳くらい)が間もなく家のなかから現れた。しばらく話し合ったあと、彼女は私を家の中に招きいれてくれた。これもイヴの同僚の看護婦さんの口添えのおかげだったのであろう。

「向こうの車の中にいる奥さんは暑いでしょう、こちらに来るように呼んだらどうですか?」などと言ってくれたので、直子を呼びにいき、一緒に家の中に入っていった。

「この窓際でジオノは仕事をしていました。」見晴らしのいい窓辺を指して彼女はこう言った。「この景色を眺めながら『屋根の上の軽騎兵』を執筆したのです。」さらに、二つに区切られていた部屋の間仕切りを取り払ったと、家を若干改修したことなども教えてくれた。

ラ・マルゴット農場の全景

「あの向こうの楢は、二十年ばかり前に雷が落ちたさいに枯れてしまったのですが、ジオノができるだけ樹木は切らないでほしいと言っていたので、切らずにおいているんです」

枯れた大木が美しい枝ぶりを誇示していた。この土地は雷がよく鳴り響くという。引っ越してきた当時、十歳だった彼女は雷が怖くて、雷が鳴ると家の中に閉じこもっていたそうだ。老人は、そうだったなあ、お前は怖がりの女の子で困ったよなどと懐かしそうに語っていた。

果樹園を売り払ったあと、そこに生えている桃の木が引き抜かれるのに耐えられないというテーマで、ジオノは『憐憫の孤独』のなかの『ジョフロワ・ドゥ・ラ・モッサン』を喜劇的に描いている。ただたんに喜劇的というよりも、彼の行動には一種の憐れみまでうかがえるので、悲劇的な様相も呈してくる。悲喜劇的な展開を見せるあのジョフロワの右往左往ぶりはジオノの内面の奥深くに潜んでいた想念を大げさに表現した作品だということを、私はこの時理解した。売却してしまった果樹園がどうなろうとジョフロワが口を出すべきことではないのだが、自分が苦労して植えた樹木はやはりいとおしい、できれば切ってほしくないという思いを抑えきれないジョフロワは、果樹園の新たな所有者に「桃の木を引き抜くなら、お前にぶっ放すぞ」と銃口を向けたりしたが、そうする自分が間違っているということに思いいたり、あちこちで自殺を試みようとして住民たちを困らせるのである。屋根から飛び降りようとしたり、木の枝で首を吊ろうとしたり、井戸に飛びこもうとしたり、道のまん中に横たわって車に轢いてもらおうとしたりするのだが、いずれの場合も村人たちに邪魔されてしまうので、ジョフロワはなかなか死にきれない。

そして彼［ジョフロワ］は立ち去っていった。私たちはそのあとについていった。結局のところ、私たちもジョフロワの大きな災難を予感していたものだから。その災難はありうるだろうということが私たちには分かっていた。それは太陽や月のようにみんなにとって自明の事実なのだが、私たちは空騒ぎをしただけだった。ところが向こうのラ・モッサンの家の方から、長い叫び声が、重い煙のように私たちのところまで漂ってきた。叫んでいるのは年老いたバルブだ。七十歳になったバルブが、夫が首を吊ってしまうと叫ぶために、腹の底から力の限りの声を絞り出してわめきたてているのだった。

私たちはいくらか走っていた。綱を枝にかけ、輪奈《わな》結びを作り、丸太を近づけ、その上に乗

農場の建物

り、結んだ輪のなかに頭を通すだけの時間的な余裕が彼にはあった。すでに丸太は彼の足の下で転がっていた。

私たちは両腕で彼の胴体をつかみ、持ち上げ、支えることがかろうじてできたのだが、彼の方は両手の拳で私たち全員の頭を叩き、靴で私たちの腹を蹴ったが、綱がすでに喉をいくらか締めつけていたので、彼が声を出すことはなかった。

私たちはジョフロワを綱からはずし、斜面に横たえた。彼は何も言わず喘いでいる。誰も一言も発しない。楽しげで陽気な気分はどこかへいってしまった。子どもたちがやってきて私たちに詰め寄り、横たわっているジョフロワを私たちの脚のあいだから見ようとする。もう歌声は聞こえない。高いところで唸っている風の音が聞こえてくるばかりだ。

ジョフロワは立ち上がる。彼の周囲をぐるりと取り巻いている私たちを見つめる。彼が一歩踏み出すと、私たちは後退する。こうして彼は立ち去っていく。彼は振り返る。

「ひどい……」と彼は口ごもる。「ひどい……、何とひどいことだ」

何がひどいのか彼は言わない。自分の絶望のすべてを言い表すための言葉が見つからないのだ。

彼は道を立ち去っていく。バルブが彼の方にやってくるのが見える。彼女は呻き、歩き方を学習している子犬のように、轍のなかをよろよろと走っている。[97]

『木を植えた男』の著者、ジオノも、農園を売ってしまったあと、可能なら樹木はそのままにしておいてほしかったのであろう。

老人も交えて、見晴らしのいいこの農場の生活をいろいろとうかがうことができた。事実、四方八方の見通しがきいて、はるか彼方まで遠望がきくのである。ジオノの次女のシルヴィさんも先日ここを訪問してきたと彼らは満足そうに語っていた。ジオノの物語に出てくる土地を訪問して歩くという「文学散歩」の案内者で『文学散歩をしてジオノに出会う』の著者、ジャン＝ルイ・カリブさんが署名入りで献呈した著作も置かれていた。その本の中では、この農場のまわりをめぐる散歩が推奨されていると老人は満足そうだった。

民宿を経営しているオディールさんは、宿泊客に感想を書いてもらっているノートを取り出してきた。どうしても分からない書き込みがあるので見てほしいと言われて、ページを繰っていくと、

農場の建物

五か所ばかり中国語の感想があった。漢字で書かれている文面のおおよその意味は理解できるので、みんな好意的な意見を書いていています、とりわけ女主人は感じが良いとみなが記入していますと伝えると、彼女は満足していた。残念なことに日本人の宿泊客はひとりも見当たらなかった。

別れ際に、老人はラヴァンダンの大きな束を抱えてきて直子にプレゼントだと言って渡してくれた。のちほど、マノスクを離れる前日に私はこの束から花だけをむしり取るという根気を要する作業を行った。

帰国後さっそく、ラ・マルゴットで撮影した写真を添えて感謝の気持をメールで伝えたところ、「ちょっとした竜巻があったので、先週、あの枯れていた楢は倒れてしまいました」とオディールさんから返信が届いた。枯れたまま立っていた楢の写真も一枚送っていたのだが、もう倒れてしまったと知り、その楢の写真はその他にも数枚撮影していたので、改めて三、四枚送ることにした。枯れながらも雄姿を見せていたあの楢の、ほとんど最後の姿に私たちは接することができた訳である。

なお、ジオノの家族あての書簡集『私は与えたものを所有している』の序文「気晴らしに満ちた王様」の中で次女のシルヴィ・ジオノさんはラ・マルゴットについて次のように記している。

ル・パライス[ジオノの家]で、私が一番楽しい思いを味わったとは言わないとしても、ともかく私が体験した最良の思い出は一九四二年までさかのぼる。私たち家族のような定住者たちの他にも、ユダヤ人、コミュニスト、脱走兵のような人たちすべてに対してわが家は開放されていた。マックス・エルンストの伴侶や大男のメロヴィッツなど、多くの人たちがル・パライスにやってきて私の父の保護のもとで暮らしていた。メロヴィッツは、うまく隠れようとしていたのだが、ピアノを持ちこんできたので、事態は複雑になるばかりだった。岩のように頑丈な父は、頼りになる避難場所になっていた。人々は父の背中の後ろに避難してきた。マノスクでは、〈ユダヤ人領事〉という軽蔑的なあだ名を父はつけられていた。そんなことに父はお構いなしだった。他人の意見に対して父は無関心だった。毎日、十五人ばかりが食卓についていた。みんなの食料を調達するために、週に一度、父はスピードの出ない重くて大きな自転車にまたがって、マーヌとフォルカルキエのあいだにある私たちの農場、ラ・マルゴットに向かうのだった。農場はマノスクから十五キロ以上離れていた。父は自転車が大好きだった。ヴォルクス

建物の中からの光景（枯れた木は楢）

やサン＝メームを経由していく国道（そこでは憲兵さんたちがしばしば見回りをしていた）よりも、ラ・モール・ダンベール峠に通じる坂道を登っていくのを好んでいた。自転車を押して坂道を登ったあと、ペリシエの美しい森林を横切ってドーファンそしてラ・マルゴットまで父は軽々と走っていった。小柄で陽気な農民のサロメは、バター入りのパン、卵、一羽か二羽の鶏、その時期になっている時には半分の子羊などを父に提供した。父が戻ってくると、家の中はいつもお祭り騒ぎだった[98]！

オディールさんによれば、ジオノはこの農場で『屋根の上の軽騎兵』を執筆していたそうだが、ジオノ自身はそこで『気晴らしのない王様』を書いたと回想している。

ジオノ　すべての本がそこで「ジオノの家の書斎のテ

私たちを温かく迎えてくれたラ・マルゴットの人たちとともに

ーブルで」書かれたわけではありません。自然発生的で臨時的なやり方で書くことも場合によってはありますよ。『気晴らしのない王様』は、ここから二十キロほど離れたところにある私たちのラ・マルゴットという農場の化粧室のテーブルで書きました。私たちは家内とともに秋を過ごすためにラ・マルゴットに行っていたのです。家内と私にとって素敵な思い出になっています。あの時ほど幸せだったことは滅多になかったはずです。書くためのテーブルがなかったものですから、私はまず顔を洗い、洗い桶を押しやり、身支度用の洗い桶のかたわらで、歯磨き粉や歯ブラシのかたわらで、私はいつもの三ページを書いたのです。それから私は散歩に出かけました。一日に三ページ書くことにより、二十七日間で『気晴らしのない王様』を仕上げることができました。(99)

マノスクから、北の山のなかの峠を越えてラ・マルゴットまで約十五キロの道のりを毎週のように自転車で往復するジオノ。ジオノは自転車が好きだったようだが、それにしても自転車であちこち訪問しているのが分かる。思いがけず知り合ったシャトー・ドラン[100]の城主と気が合ったので、ジオノが数回訪問しているそのシャトーは、直線距離でマノスクから五十キロも離れていた。そんな遠方までジオノは自転車で出かけていたのである。

なお、マルゴットからすぐ近くのフォルカルキエは、月曜日に開催される物産市が有名で大規模である。はるばる遠くからこの物産市に駆けつける人もいる。私たちは何回か十一時頃に出かけたが、すでに駐車場はいっぱいで、車の置き場に困ったものだ。もう少し早く出かけるのが賢明であろう。それに正午を過ぎると出店は店じまいをはじめるので、ゆっくりと見てまわれない。この物産市の古本屋で私はマルセル・パニョルの作品集などを買い求めた。ジオノ作品を翻案した四作品もここで運よく購入できた。

広場に面したレストランで数回昼食を食べたこともある。込み合っているのでサービスが上々とは言いがたいが、物産市の雑踏の雰囲気が残っているレストランで友人とともに子羊やアンドゥイエットなどをのんびり味わうのも趣があっていいものである。

十二章　モンジュスタンとナンス

マノスクから直線距離で北西方向に十二キロほどのところに位置している丘の上の小さな村、モンジュスタンは、ジオノの作品に登場することはないようだが、ジオノの生涯にとってはかなり重要な村である。ジオノ終生の友人、リュシアン・ジャックが戦後になってからこの村に住むようになったからである。リュシアンがジオノの家をたびたび訪問してきたように、ジオノもしばしば彼のもとを訪れた。

リュシアン・ジャックは、「ラ・クリエ」という雑誌に発表された一連の散文詩（とりわけ一九二二年の『遊びあるいはラ・ノマシ』[101]（のちに『清流』に収録される）の作者に才能を見出し、ジオノに手紙を書き送ったことから、彼らの交流がはじまり、生涯を通じて最高に親しい友人となる。

リュシアンは詩人であるだけでなく、ダンスや料理や絵画にも秀でていた。アリーヌ・ジオノ

〈ジオノの長女〉によるリュシアンの肖像を見てみよう。「カクーン［リュシアンのあだ名］が家にやってくると、お祭りである。普段より二倍も楽しくなる[102]」と書き始めたアリーヌは、リュシアンの多彩な能力を列挙している。彼は「絵を描き、彫刻をし、歌い、踊り、演劇を演じ、羊毛や絹で機《はた》織りをし、銅や木材に版画を彫り、詩を書き、菓子を作り、編物までできる[103]。」

リュシアンがやってくる時の様子はこう記されている。「呼び鈴が鳴り、ドアが開く。カクーンだ。カクーンはドアから入ってくると踊り始める。私たちは喜びの声をあげる。ママはみんなよりもいくらか控えめに微笑む。お菓子を用意しておくことを思いつかなかったからだろう。カクーンが猫のように食いしん坊だということをママは知っているのだ[104]。」

シルヴィ・ジオノ〈ジオノの次女〉は次のように回想している。「リュシアン・ジャックはル・パライス［ジオノの家のこと］の常連で、家族の一員と言えるほどだった。父やアリーヌや私を描いている肖像画を見ると、彼が私たちに溢れるほどの愛情を抱いていたのがよく分かる。私たちの家族のみんなを描いている例のフレスコ画をリュシアンは一九三六年に制作した。母の腕に抱かれた赤ちゃんとして私は描かれているし、姉は雄鹿の前でひざまずいている。この雄鹿は『喜びは永遠に残る』の象徴的な動物である。私たち姉妹はリュシアン・ジャックのことをカクーンと呼んでいた。私たちが子供時代に出会ったさまざまな人物のなかで、私たちは彼のことを二番目の父親だとみなしていた。〈優れた天才〉と母は彼のことを呼んでいたが、この天才は予告しないでやってくると、ただちに我が家に腰を落ち着けるのだった。煙を漂わせている吸いさしの煙草や、この熱烈で知的

リュシアン・ジャックのフレスコ画（ジオノ一家）

な男性の存在なら今でも思い浮かべることができる。ユーモアと生き生きした会話が彼から溢れでてくるのだった。[105]」

シルヴィさんが言及しているフレスコ画は、ジオノの家の一階の書斎（それまで利用していた三階の書斎への往復がむずかしくなったので最晩年ジオノが利用していた、庭に面している部屋）に飾られている。それはジオノの家庭生活と文学世界を一枚にまとめ上げた一大絵巻物である。『二番草』や『ボミューニュの男』や『喜びは永遠に残る』などの作品で重要な役割を果たしている人間や動物たちがジオノ一家四人と雄鹿を取り囲むように配置されている。その背景には糸杉とモン・ドールの丘が、右側には楢の大木が描かれている[106]（私が撮影した写真では背後の糸杉やモン・ドールや右側の楢の大木が充分に見えないのが残念である）。

ジオノと奥さんのエリーズはスイスのヴァロルヴ近郊に住むマルグリット・フィオリオ（父方のおば）や、タナンジジュ（シャモニの北西三十キロにある町）に住んでいたエミール・フィオリオ（父方のいとこ）をしばしば訪れているが、このエミール・フィオリオの二男、セルジュ・フィオリオがモンジュスタンに移住してくるのは一九四七年のことである。セルジュはまずジオノを訪問し、この地方に住みたいと打ち明けたところ、ジオノはリュシアン・ジャックを紹介した。セルジュの証言を引用しよう。「一九四七年の五月、私はジオノ家を訪問し、私たちはオート＝プロヴァンスに身を落ち着けたいという決心を打ち明けた。ジャンは友人のリュシアン・ジャックが一軒の家といくつかの廃墟を買ったばかりのモンジュスタンのことを話してくれた。私はすぐさまモンジュスタンに行った。[107]」モンジュスタンへの丘を歩いて登っていったセルジュは、純粋な光に包まれているこの村が気に入った。リュシアンは数日のあいだセルジュを泊めてくれた。「モンジュスタンを散歩しているとグラノン親父という農民と幸いにも出会った。グラノンはセルジュに一区画の農地を〈その土地に似合うだけの空〉とともに譲ってくれた。そうすると今度は、リュシアン・ジャックが村の入口にある、昔は鍛冶場だった廃墟を彼に売ってくれた。[108]」

すでにセルジュの画才を見抜いていたジオノは、彼に絵画に精進するよう勧め、まず自分の「肖像画[109]」をセルジュに描かせることにした（一九三四年）。その肖像画に満足したジオノは、それを書斎に飾り、来客に画家のことを話したりしたおかげで、セルジュに絵を注文する人も現れてきた。農作業のかたわらセルジュは次第に自分のスタイルを築き上げていく。

モンジュスタン、セルジュ・フィオリオの旧アトリエ

セルジュは、モンジュスタン近辺の風景を描く場合でも、風景を写生するのではなく、詳しく観察してからアトリエに戻り、自分の空想を交えて自由に風景を創作するという風なやり方で仕上げていく。万事がセルジュの想像力のなかで構築されていくのである。

後年、ジオノの死後、写真を参考にしながら、セルジュは「第二のジオノの肖像画」[110]を描いた(一九八九年)。セルジュの作風がすっかり定着していた頃の作品で、きわめて静謐な雰囲気が漂っている。糸杉、耕す農民、幾重にも連なっていく丘また丘、パイプを持ちどこか遠くの一点を見つめているジオノ。ジオノの顔の背後には白い雲が描かれているが、これは作家の放つ後光だろうか?

一九九七年には、ジオノ協会の大会に参加したあと、モンジュスタンのセルジュのアトリエを電話もせずに訪問した私たちをセルジュはこころよく迎え

セルジュ・フィオリオによる最初のジオノの肖像
（1934年制作、アンドレ・ロンバール氏撮影）

入れて、アトリエのなかを見せてくれた。描きかけの絵がキャンバスに載っていた。

たしか出版されているはずのセルジュの画集のことを話題にしたところ、新品があるということだったので、一部購入することにした。セルジュはこころよく献呈の言葉をしたためてくれた。注(107)に挙げたアルバム(画集)は、セルジュのアトリエ訪問の素晴らしい記念品になっている。

そのセルジュは二〇一一年に、もう少しで百歳というところで、アンドレ・ロンバールさんの家で生涯を閉じた。石を載せただけの簡素なセルジュの墓をモンジュスタンの墓地で見つけたのは二〇一三年のことである。リュシアン・ジャックやピエール・シトロンさんの墓もあった。みな大きな石を置いてあるだけの簡素きわまりない墓だった。雑草が適度に生い茂っている墓地は、オート＝プロヴァンスの大自然のなかで人生を楽しんだ人たちにふさわしい雰囲気をかもし出していた。

二〇一〇年に亡くなったピエール・シトロンさんはパリ第三大学の教授で、長らくジオノ協会の会長を務めておられた。ジオノ研究に携わる者にとっては必読の書とも形容できる、記念碑的な大著『ジオノ』[111]を刊行された他にも、写真入りの解説風の案内書[112]の著者でもある。日本人の弟子もいるということで、その日本人の研究者に招かれて日本に来たこともあると懐かしそうに私に述懐されたものだ(一九九七年の会合のさいに)。

セルジュ・フィオリオによる第二のジオノの肖像(1989年制作、アンドレ・ロンバール氏撮影)

ジオノの作品に関して何か疑問を感じるたびに私は『ジオノ』をひもとく。この著作のなかの、シトロンさんがジオノとはじめて出会った経緯を述べているくだりは忘れがたいものである。六五〇頁にも及ぶ著作の大部分は忘れてしまっているので、何度も参照する必要があるのだが、この部分だけは鮮明に記憶に残っている。そこを紹介しておこう。

十五歳のとき『世界の歌』に感動したピエール・シトロンは、それ以来ジオノの作品をすべて読んでいた。ル・コンタドゥールの集まりのことも知っていたが、そこに参加しようなどという気持はなかった。プロヴァンスを自転車で巡っているうちに、ル・コンタドゥールに近づいていった。やはり、何となく引きつけられていったのであろう。一九三八年の夏のことである。「私たち［ピエール・シトロンと彼の親友のジョゼフ］は、袋を担いで、その地方を見てまわろうと思って、マノスクからル・コンタドゥールに北上していった。誰かに出会おうというつもりはまったくなかった。しかしその日は暑かった。飲み物を飲むために私たちはメルル夫人の小さなカフェに入った。私たちと同じくらいの年齢の少女や少年たちの一団と一緒になった。私たちは話し合い、彼らが戻っていくムーランまで同行していった。彼らの誰か――おそらくイネス・フィオリオだったような気がする――が目が青くて髪の毛を風になびかせている大きな男を呼んだ。『メルル夫人のところで新しい仲間を見つけました。』彼は近寄り、私にこう言った。『君の名前は？――ピエールです――私はジャンです。』ファーストネームで呼び合う話し方は今日ほど一般的ではなかったが、ル・コンタドゥールではそれが普通だった。この話し方はジオノと私のあいだで一挙に確立し、ジオノの死にいたるまでそのままだった。午後も遅くなっていたので、予定していたように高原から下りるにはもう手遅れだった。ジョゼフと私はその地にとどまった。二週間たっても、私たちはまだそこにいた。一九三九年の二回の会期にも私たちはやってきた。そこにはたしかにジオノの威厳、魅力、そして陽気さがあった。しかもすべてが並外れていた。これほど多くの同志あるいは友人たちの人間としての資質、彼らの多くの者たちの知的な俗物性とは無縁の教養、各人が持っている友情と自由の感覚、こうしたものがそこにはあった。(113)」

モンジュスタンからの光景（2013年7月初旬）

おそらくこの通りだったのであろう。知的な若者にとって、ジオノは自由と創造の雰囲気に満ちあふれていたのであろう。

さて、セルジュ・フィオリオが農業を営みながら絵を描いていた頃、当時ナンスの農場をアトリエとして使っていたベルナール・ビュフェが、ピエール・ベルジェとともに、セルジュの家に菊を買いにやってきていたということがアンドレ・ロンバールさんの証言で分かっている。セルジュがこう言っているのが興味深い。「いつも人当たりがいいピエールは家のなかに入ってきて、快く話しかけてきたが、ベルナールは、決して入ってくることなく、外にとどまったまま煙草をふかして、ドアの向こうで待っていた。(114)」

二十歳にして早くもパリの画壇で認められていたビュフェは、モンジュスタンの独学の画家をどのように考えていたのだろうか？　芸術家が同業者に対して抱

ナンスの農場（ベルナール・ビュフェの旧アトリエ）

く感情にはいつでもかなり複雑なものがある。ビュフェ自身もかなり内気な画家だったのである。家の外で煙草をふかして待っていたというビュフェの姿が思い浮かぶようだ。

このビュフェはモンジュスタンの七キロほど北のナンスというところにある一軒家をアトリエとして使い、当時、黙々と画業に専念していたのであった。

一九五〇年にジオノを訪問してきたベルナール・ビュフェとジオノの友情はとりわけ印象的である。当時二十一歳だったビュフェは、あまりにも早く著名になってしまったために、芸術にどのように取り組んだらいいのかといったことで悩んでいたと想像できる。誰もが青春期に苦しむ人生の悩みである。ピエール・ベルジェと共に六月にやってきたビュフェは、ジオノ家に一泊してパリに帰っていった。

同年十一月から一年間、ジオノはビュフェに別宅（こ

ナンスの農場（ベルナール・ビュフェの旧アトリエ）

ろがり落ちてきた遺産でジオノの父親が建てた建物）をアトリエとして提供した。そのあとビュフェは、マノスクの北西十五キロの荒野にあるナンスの農場をアトリエに改造し、数年にわたって画業に専念した。周囲のうねるような大地にはラヴァンド畑や麦畑や森林が広がっている。荒野と言っても過言でない環境のなかに孤立しているこの一軒家で絵画の制作に明け暮れることによって、人生と芸術に関して何らかの確信を得たビュフェは、本物の画家になったと言うことができるであろう。実際にこの土地に立ってみると、その場所がいかに荒涼とした人跡稀な場所であるということが実感できる。

ナンスでのビュフェの画業についてベルジェはこう書いている。「ナンスで彼は生きることを学んだ。彼の絵画はいっそう明確になった。〔中略〕その後、彼は他の場所に移動した。今日彼が暮らしている屋敷［シャトー・ラルク］は彼にとっては快適そのものである。しかし、彼が今日のような人間に成長したのは、さまざまな方向から吹いてくる風がぶつかり合うあの高原においてなのだ[115]。」

ジオノは画家の仕事に興味深く接することができたし、当時ジオノが執筆していた『屋根の上の軽騎兵』を着々と書き進めていく魔術的な筆の冴えをビュフェは感嘆の眼差しで見守っていたであろう。絵画と文学とジャンルは異なっていても彼らは互いに鮮烈な刺激を与えあっていたのだろうと私は想像している。

反戦の書『純粋の探究』に共感を覚えたビュフェは二十一枚の挿絵を制作することになるが、ジオノとビュフェを結ぶのは「純粋」という概念だろうと私は推測している。「私たちの内面において何かをしたいという欲求を呼び覚ますのはこの純粋さである。それはあの厳しい風のさなかで暮らしたいという欲求であり、正真正銘の価値や、さまざまな価値のあいだの真実の関係を知りたいと願う欲求でもある。誰かが私たちのために作ってくれるような世界はもうお払い箱にして、私たちが自分で作りだす世界を真剣に見直す時がきている。〔中略〕鳥もちから自らを解放すること。自分の身体を洗い清め、すっかり清潔になった皮膚で世界に触れること。純粋なもの以外は何も受け入れないこと。そして最後に自分自身の諧調に満ちあふれた開花に耳を傾けること。そうすると、生命の高揚感が世界に広がっていく道の方に私たちを導いていく時のように、私たちの身体は両側からまるで翼のように開いていく[116]。」

このことは、周囲五キロにわたって人工のものがほとんど何もないナンスで制作に没頭していた頃のビュフェの風貌を見れば明らかである。そこには一切の不純なものを削ぎ落として純粋な状態

ナンスの農場からの光景（2011年8月下旬）

で世界に対峙しようとする姿が如実に感じ取れるのである。「私は時として自分がベルナール・ビュフェが描く人物のように感じることがあると言っておこう。精神がもはや肉体でなくなる瞬間、情熱がすべてを食い尽くす瞬間、もう気取りがなくなってしまう瞬間、こうした瞬間をビュフェは取り押さえたのである。それは人間がもうもったいぶったりしない瞬間のことである。その状態を悲しいと形容する人たちもいるが、そこには純粋で簡素な真実が、ひとつの事実が、ある魂の状態が表現されているのである。野牛たちの姿を描いていたアルタミラの猟師は、おそらく自分の矢を受けた野牛たちが自分の足元に倒れこむよう描いたのであるが、その絵のなかに神秘性を忍びこませたりすることはなかった。[117]」

ビュフェの芸術をアルタミラの壁画にたとえるジオノは、後年の人々の反応を次のように予想している。「ベルナール・ビュフェの人物たちを思い描いていただきたい。私たちの時代の洞窟の壁に彼が描いたランプや、花束や、魚や、ナイフや、フォークや、椅子や、鉄製のベッドなどを。そして事実、そうした物たちは壁に描かれているのである。二万年後には、人々はそうした物体の描写の厳格さを模倣不可能な芸術とみなすであろう。(118)」

ビュフェに対するジオノの評価は生涯にわたり不動であった。心からの共感のあまり自らフランス語に翻訳した『モービー・ディック』(119)の作者に対するのと同じような友情と尊敬をジオノはビュフェに対して抱いていた。自立した芸術家同志だけが共有できる類の友情であろうと私は考えている。ジオノとビュフェの相互理解と友情は、比べるものがないほどの純粋と高邁に満ちあふれている。ジオノがビュフェ以上に評価していた生身の芸術家を私は知らない。彼らの関係そのものが友情の記念碑になっているだけでなく、『純粋の探究』という不滅の反戦記念碑が残されている。感情の発露を抑えながらも戦争に与する人たちの考えを四方八方から切り裂いていくジオノの文章と、怒りの激発をうちに秘めた静謐な光景の数々を提示していくビュフェの版画、両者の融合は比類のない境地に到達している。

なお、『純粋の探究』は、まずジオノの友人リュシアン・ジャックとの友情の証として『戦時の手帖』(120)の「序文」として発表された(一九三九年六月、「純粋の探究」というタイトルはなし)直後に、『純粋の探究』というタイトルをつけてガリマール社から出版されている(同年七月、「ル・コンタドゥールの仲間たちに」という献辞がついている)。さらにビュフェの挿絵とともに百六十部限定で出版された(121)(一九五三年)あと、「パシフィスト作品集」(122)に、またプレイヤッド版の「物語とエッセー」に収録されることになったという事情を付け加えておきたい[123]。

第十三章　コルビエール

マノスクの南西十キロにあるコルビエールに住んでいる羊飼いのマッソにジャン坊やは預けられる。マノスクではそれほど自然に触れる機会もないので、もやしっ子になってしまうのを父親が恐れたからである。ジオノ唯一の自伝的な物語『ジャン・ル・ブルー』で、父親がマッソに息子を預かってくれるよう頼む場面は次のように描かれている。


正午になり、用件は私に関わっているということが私には分かった。

マッソ親父が私を見つめた。

「あの子はいい性質だ」と彼は言った。

母は私に説明した。

「お前には田舎が必要だね。そうすれば健康が戻ってくるよ。ここではあまり食べないし、それにここは暑すぎるし寒すぎるわ。マッソ奥さんはお前の面倒をよく見てくださるよ。それに元気がなくなれば、いつでも帰ってくればいいのよ。マッソ小父さんが土曜日ごとにお前を連れてきてくださるからね」

父が私に言ったことは、これとは少しちがっていた。そしてそれは私には何だかよく分からなかった。分かったのは、父がとても感動していて、心の奥底では不安で震えるような一種の幸福感で輝いているということだけだった。それは、燃え上がるためには、わずかひと吹きの空気さえあれば充分な火が味わうような幸福であった。

父は羊のことや、田舎のことや、草や樹木などのことを私に話してくれた。

「楢の木だよ」と父は言った。

こう言いながら父が胸を膨らませていたのを私は今でも覚えている。そして父の髭はそっと漂いはじめていたのだった。

「絶対に流れに近寄っては駄目だ。非常に深い穴があって子供が何人もそこで溺れた。そのうちに分かるだろうが、脱穀場は船の舳先《へさき》のようなものだ。これも分かるはずだが、丘には太いビャクシンの茂みが一面によじ登っているが、そのビャクシンは修道僧のようなものだ。そうしたことすべてを眺めて、お前は自分の考えを作りあげる必要がある。私がやってきたように。それは誰もがしなければならないことだ。それに、お前は子供の友だちと仲良く暮らさなければならない。そうしたことが後々の生活の手本になる。マッソ奥さんのスープをよく飲む

コルビエールのオリーヴ畑（ルイ・プランチエ氏撮影）

ことだ。それは大盛りのスープだ。まさしくそれが大盛り《グロス》なので、お前にはいろんな事柄の山場《グロ》が見える習慣がついてくるのさ。そして筋肉をつけるんだ。大きな《グロス》肩は人生で役にたつ。手の刺《とげ》を抜くだけのためでも、それは役にたつのだよ」

そして次から次へと父は話していったので、ついに彼の内部で火がすっかり燃え上がってしまった。そのおかげで私は大き《グロ》な丸いパンのように人間的に成長していったのであった。

もう少し話してから、父は羊飼いのマッソを見つめ、彼に言った。

「私はあんたにこの子を任せる」

羊飼いは一瞬のあいだ計算し、手を私の腕の上に置いた。

「俺はあんたからこの子を預かる」と彼は言った。

二人とも自分たちにどういう責任があるかということはよく理解していた。そして彼らは互いに相手のこ

とを受け入れあった。(124)

現代でも私たちは子供に自然を体験させるために、海辺や川や山や森林や原っぱなどに連れていく。また山村留学などという仕組みもある。道路が平らで階段が規則的な都会で暮らしていると、不規則なでこぼこや曲がりくねった道や雑草が生い茂っている原っぱの存在を忘れがちである。危険な蜂や蛇や、蜻蛉《とんぼ》や蟷螂《かまきり》や蜘蛛《くも》や蝉など各種の動物や昆虫がうようよいるのも田舎である。毒人参やトリカブトやハシリドコロなどの毒草に欠けることもない。人口が二万人強のマノスクは、私たち日本人から見ると小さな町でしかないが、オート＝プロヴァンス県最大のこの町は、この土地の住人たちにとっては大都会なのだ。だから父親はジャン坊やに田舎を体験させるためにマッソに息子を託したのである。

マッソに連れられてジャンがたどり着いたコルビエールは、次のように描写されている。

羊飼いのマッソはコルビエールに住んでいた。そこまで野菜車で二時間かかった。馬は道中ずっと速歩で歩いた。サント＝チュルを越え、丘を二つ迂回した。そうすると土と岩でできた壁がいきなり頭の真上に現れてきた。それは脱穀場だった。その脱穀場は、まるで大きな巣のような谷間の全体を見下ろしていた。その向こうで、村は丘に寄りかかっていた。その村は風をまともに受けないように保護されていたが、風が吹き抜けていけるように広くて平らな土

コルビエールの葡萄畑（ルイ・プランチエ氏撮影）

地を確保してやっていたので、風が村から立ち去る前に足で鈍い音をたてて地面を蹴る音が聞こえた。その風のおかげでコルビエールでは谷間のなかのすべての村のうちで最高にきれいな麦粒を収穫することができた。コルビエールの脱穀場で麦を唐箕にかけるときには、谷の向こう側のヴィノンという小さな村では家の窓を閉める必要があった。村全体が籾殻の凄まじい砲火を浴びるからである。燕たちは互いに呼びかけあって、町から町へと移動していた。ゴシキヒワたちは森を離れた。雄のゴシキヒワたちは猛り狂ったように茂みのなかを通りすぎ、茂みを荒らしていった。そうした鳥たちのすべては小麦の埃が吹き飛ばされていくなかを漂い叫んでいた。時として、大鷹たちや百舌《もず》たちは雲の襞からそっと抜け出し、急降下して雀たちを蹴散らした。ヤツガシラたちが沼地から舞い上がってきた。空の戦闘は猛烈な勢いで炸裂したので、唐箕の音はお株を奪われてしまった。人々は撲殺された雀たちが道に落ちているのを拾い集めた。そして夜になっても、烏《からす》たちはもう鐘楼のなかで眠ることはなかった。烏たちは空高くに鐘が描く軌道のなかに集まり、夜中激しく踊り狂った。そしてその軌道の穴から酔っぱらったように出てくると、梟《ふくろう》たちを小川の岸辺に生えている柳の林まで追いかけた。烏たちが教会の石の建築をあまりに激しく踏みつけるので、爪の軋む音が聞こえるほどだった。

コルビエールの脱穀場で小麦を唐箕にかけるということは、こういうことだった。

ある穏やかな夕べ、私たちはそこに着いた。赤い冬の太陽の光がまだ丘の上に残っていた。パン屋が竈を掃除していたので、私たちは馬に向かって「どうどう」と叫び立ち止まらねばならなかった。というのも、パン屋がその長い竿を引き出すたびに、竿は道の端まで遮ってしまうのだった。パン屋は私たちにやっと道をあけてくれた。彼は戸口まで出てきた。その胸は雄牛のようで、口髭は鼻のなかまで伸び、目は眼窩のなかにうまくおさまっていなかった。

「連れてきたのかい、その子は?」と彼は訊ねた。[125]

田舎にはさまざまな動物がいるし、多種多様な植物も生育している。いろいろな匂いが充満しているし、暖炉ではさまざまな木材が燃やされる。葡萄や小麦の収穫も行われる。子供たちは夕闇が迫ってくるまで、野原で遊ぶ。

コルビエール、小麦の収穫、麦藁の運搬（ルイ・プランチエ氏撮影）

彼らはみな畑から畑へと呼びかけあっていた。

頑固者のセザールは依然として畑のなかで手を振りまわしていた。畑に残っているのは彼だけだった。薄暮のなか、彼の動作と彼の鎌のかすかなきらめきの他にはもう何もなかった。荷車が道で呻いていた。私には音を聞くだけでそれらの荷車が誰のものか分かった。セザールの荷車、マッソの荷車といった具合に。少女たちは歌いはじめた。村から最初の煙がいくつか上がった。夕闇が木々の葉叢をそっと叩き、梟たちを起こした。

あらゆるものが、血、液、味、匂い、音などそれぞれに固有の重みを持っていた。

暖炉では乾燥したエリカが燃えていた。ゆっくり燃える木とは違って、エリカは猛り狂って燃え上がるのである。私たちのいる丘まで届く匂いは、鍋の近くにいる女たちの動作や、沸騰するのをためらいつつ、若々しい大きな炎に焼かれ震えているスープの音などで満ちていた。鎧戸が壁にばたんばたんと当たっている。部屋を涼しくしているのだ。柱時計の動き具合を確かめている者がいる。柱時計は相変わらず動いている。だが、明日の朝、ねじを巻くのがいいだろう。遠くの林のなかでは、狐たちが走りまわるので黄楊《つげ》の木が軋んでいる。古くなった壁の石はゆっくり動いている。大きな蛇は自分の隠れ家に戻り、石の角に首をこすりつけて古いうろこを落としているにちがいない。蟻たちの大きな蟻塚は、丸くなった猫のように輝きそして唸りながら、地下にある彼らの町に向かってゆっくり滑り落ちていく。木々の根は休息している。もう風は吹いていない。夕べの静けさ。根は岩をつかむ手をいくらかゆるめている。丘全体が背を丸めているので、樹木たちはどちらかというと空中に所属しているように感じられる。水を飲んでいるときの動物のように、樹木たちはいつもよりいささか無防備だと感じられる。松脂が松の幹に沿って流れ落ちていく。小さな淡黄色のしずくが樹皮の傷から出てくると、水滴が熱い鉄に触れるときに発する軽やかなしゅっという音が聞こえる。その松脂のしずくを外に押し出しているのは夕べの偉大な力であると同時に、それは花崗岩の最深部まで感動を伝えていく力でもあった。髪の毛のように細くて小さな蚯蚓《みみず》たちは、石の奥底で予告を受け取っている。蚯蚓たちは緻密な穀粒でできているかと思われるような物質の海綿体のなかを通り抜け、月に向かって動きはじめている。樹液は根の先端から発進し、何とか樹木の幹のなかを上昇し、最後には一番高いところにある葉まで到達する。樹液はとまっている鳥たちの爪のあいだを通っていく。樹木の皮と足のうろこ、鳥と木の二種類の血のあいだにはそ

セイヨウアブラナ畑（背景はコルビエール、ルイ・ブランチエ氏撮影）

れしか介在しない。両者の血のあいだにはこの皮膚という柵《さく》しか存在しないのである。私たちはすべて互いに、血が詰まっている袋のようなものである。私たちは世界なのだ。私は腹の全体で、両方の手のひらの全体で大地に接している。空は私の背中の上にのしかかり、木々に触れている鳥たちに触れている。樹液は岩から出てくる。向こうの壁のなかに潜んでいる大きな蛇は、石に身体をこすりつけている。狐たちは地面に触れている。空は狐たちの毛の上にのしかかっている。風、鳥たち、揺れ動き群がる大気、地面の奥にいる蟻の群れ、村、樹木の家族、森林、羊の群れなど。私たちはすべて、自分自身の液体で重くなっている大きな石榴のなかの一粒一粒のようにくっつきあっていた[126]。

コルビエールからマノスクに戻ってくると、ジャン坊やには父親が随分と年を取っていることが理解できた。田舎での生活がジャンに力をつけたので、ジャンは父親をやや客観的に見ることができるようになったらしい。その父親はジャンに、大人になるために必要な二つのことを教える。

「お前はオドリパーノ［作品に登場する詩人］の話を存分に聴いている。彼はこれまで多彩な経験を積んできている。私たちの界隈に暮らしながら彼が若さを保っておれるのは、彼が詩人であるからだ。お前は詩がどういうものか知っているだろう？　彼が言っていることが詩だということもお前には分かるだろう？　お前には分かっているだろう、息子よ？　このことは知っておく必要があるのだ。それではいいかな、私もまたさまざまな経験を積んできたんだ、私の経験を。その結果、傷を和らげる必要があるとお前に言っておきたいんだ。お前が大人になって、これら二つのこと、つまり詩というものと、傷を和らげるための業を会得したら、その時、お前は本物の大人になっていると言えるだろう」

その時、父の言っていることのすべてが私の人生航路の前を進みながら私を待ってくれているということが私にはまだ充分には分からなかった。[127]

詩人の心を持つことによって世界を生命あるものとして受け入れ、人の苦痛を和らげる術を知ることにより隣人たちにいささかの潤いを与えることができる、そういう大人になることが必要だと父親は力説した。事実、ジオノの物語で描写される自然は生命に満ちあふれているし、ジオノの作

コルビエール、ヒマワリ畑と蜜蜂の巣箱（ルイ・プランチエ氏撮影）

品は多くの若者たちに生きていこうという意欲をかきたてている。若者だけでなく熟年者にも詩的に世界を把握する術をジオノの作品は披露してきている。

ジオノは父親が死ぬときの様子を次のように語っている。

ジオノ　実のところ、私があれ［父親が自分の死を覚悟していたということ］を書いたのは、父が死んだのを見届けてからのことなのです。とりわけ労働で擦り切れるようにして、父は一九二〇年に亡くなりました。そのとき七十五歳だった父は、疲れており、死が近いことが分かっていました。『円卓の騎士』のアルチュール王［五世紀から六世紀にかけてのなかば伝説的なケルトの王］の物語のなかの登場人物と同じ状況だったのです。フロワサール［十四世紀の年代記作家］の「彼は死ぬことに同意していた」という言いまわしもあります。もちろん、私は父の死に立ち会いました。父のそばには母と私しかいませんでした。母はしばしば別の部屋に行って泣いていましたが、私は父とともにいました。そのとき、私は極度にぎこちなかったのだと思います。私たちが極度にぎこちないときに生じる現象ですが、私は同時にとても巧妙でもあったのです。父があと二、三分のあいだ最終的な苦しみに耐えれば臨終だというときを利用して、私が若いときに父が私にしてくれたすべてのことに対して私は父に感謝しました。今でもそのときの父の視線を覚えています。その少し前には、飲むようにといって私がもらってきていた薬を飲むのを父は拒みました。それは阿片の水薬です。「これは私が向こう側に行けるよう手伝ってくれる薬だ。今のところ、まだ飲みたくない！」と父は私に言いました。私にとって父がどういう存在だったかということを私は父に説明しました。それ以外に何を言ったらいいのか分からなかったからです。父は私の生涯のなかで本質的な人物だったのですが、その父が目の前で死んでいくところでした！　私は決定的に父を失おうとしていました！　決定的にです！　注意してください。そのときに宗教が私に支えになってくれたわけではありません。父が私にとってどういう人だったかということを私は父に言いました。私をじっと見つめて父は「それでは、これからその薬を飲むことにしよう」と言いました。私がその薬を手渡すと、父は亡くなりました。[128]

このとき、「私のなかに住み続けているもの、それは父が私に与えてくれたものであり、父から

コルビエール、農作業用の小屋（ルイ・プランチエ氏撮影）

受け継いだ私の体質であり、父が物事を見ていたように見る私の見方」[129]であり、そうした父の名残りは確実に自分のなかで生き続けるはずだとジオノは父親に語った。そうしたところ、父親は自分の命が息子に受け継がれていくということに救いを感じ、安らかに死んでいった。こうジオノは回想している。

年月が経ち、ジャンも青年になった。戦争が勃発し、親友のダヴィッドが戦死してしまった。ジャンも間もなく戦争に出かけざるをえないであろう。『ジャン・ル・ブルー』の最後の文章を引用しておこう。

気がつかないうちに、一九一四年になっていた。その年も例年と変わることなく、雪が降り、燕が飛来し、アーモンドが花をつけた。小麦もいつものように成長した。畑のチューリップも決まった時期がくると姿を見せた。チューリップは一三年の春の古い球根から出てきたのだ。燕たちは自分たちの巣をふたたび見つけ

コルビエール全景（ルイ・プランチエ氏撮影）

た。雌の野兎たちは小さな子兎の群れを産んだ。羊小屋の周囲の柵が広げられた。その年は雄羊の精液がうまく配分されたことが分かったからである。例年に比べほぼ三分の一ほど多くの子羊が生まれた。牧草は前年よりはるかによく育っていたし、その品質もとても優れていた。牧草を食べる動物たちは食べることに喜びを見出していた。彼らは空を眺めながら長くかかって咀嚼していた。大地はよく耕作されていた。必要な時に雨が降った。良い風が吹いた。太陽は的確に姿を現した。万事が平和に進行していた。平和と喜びが、大地の奥底から、牧草を通って、樹木を通って、野兎、狐、猪、雄羊、雌羊たちの長い血管を通ってのぼってきた。雄たちは、天の川のような精気に溢れた静かな精液を持っていた。世界の歯車は柔軟な油のなかで音もなく回転していた。

男たちは不安だった。あまりにもうまく行きすぎているからである。男が世話をするための自由な時間が

コルビエール夜景（ルイ・ブランチエ氏撮影）

たっぷりと提供されていた。大地は栄養の良い乳房のようにじつに乳の出がよかったので、愛撫しようとか愛撫することによって喜びを得ようなどと考えることもなく、人々は大地を吸った。人々は頭の遊戯しか重視していなかった。そして、部族ごとに、毎朝、話すのが上手で、統治するのが上手で、豊かさへの渇望を隠すのが上手で、石鹸の泡のように頭を膨らませている老人たちを、人々はうっとりして見つめた。自分たちがもっとも大きな泡を持っていると誇らしく思った。詩人たちはもう野原に出ていかずに、ラッパを吹いていた。その間、大地の乳はあらゆる草に流れこみ、動物と樹木の栄光は上昇した。あまりに栄養の良い男たちは自分たちの睾丸のことを忘れてしまった。彼らは石油やリン酸塩といった腰を持たないものと恋をした。そのために彼らは血が欲しくなっていた。

私はそれほど興奮することもなく気軽に戦争に出かけた。それは、ただ単に私が若かったからであり、ま

た、あらゆる青年の上に、海の帆や海賊の匂いのする風を人々が吹かせていたからであった。(130)

まだ若かったためにさまざまなことが理解できなかったジャンは、軽い気持で戦争に出かけていった。それまで体験したことのないことに向かっていくのはそれなりに刺激的でもあるし、何と言っても青年なら誰もがやっていたことであったからだ。しかし、戦争は想像を絶するほど厳しいものであった。そのことは『純粋の探究』に詳細に記されるであろう。

『ジャン・ル・ブルー』をコルビエールの観点から概観してきたが、少年ジャンがこの村の羊飼い夫婦の家に滞在した経験は、意外と重要なのではないかと私は想像している。というのは、この村でジャンははじめて大自然に触れることができたし、同年齢の子供たちと遊び戯れることもできたからである。

父親が死んでいくところで、自分の命が息子に受け継がれていくということを確信した父親は安心して死んでいったと書かれていたが、父親はジャンに田舎体験をさせてみるというきわめて貴重な企画を思いついたのであった。この豊かな自然体験のおかげもあり、ジオノは将来「世界の歌」が鳴り響くような作品をぜひとも書こうと思うようになった。そしてそれは『憐憫の孤独』や『世界の歌』や『喜びは永遠に残る』などの作品で見事に結実することになる。

こういう意味でも、ジャン少年のコルビエール体験はジオノの文学の根幹を形成するのにさいしてきわめて重要な意味を担っていると言うことができると私は確信している。

あとがき

ジオノの物語には実在する土地や実在していた人物が登場することもあるが、大抵の場合、作者の手で修正を加えられている。また、当然のことながら、作者が作り出した人物や土地もある。

ジオノ　『ジャン・ル・ブルー』で私が描こうとしたのは、私の内面の生活なのです。本質的に魔法のような内面の生活です。現実には存在しなかった幾人かの人物、つまり私の青少年期を彩る魔法のような人たちを私の周囲に作り出すことなくして、私はその内面生活を語ることはできませんでした。麝香《じゃこう》の娘は実在しませんでした。羊のいる中庭は、あなた方がマノスクに来られたら、お見せしましょう。中庭は、私の青少年時代とは異なっていますが、今もあります。羊のいる中庭には、物語のなかでは話さなかったひとりの男がいました。『ジャン・ル・ブルー』を書いてからかなりの年数がすぎたので、私はもう自分の本のことを正確に覚えているわけではありません。犬を捕まえていた男のことを語ったかどうか、覚えていないのです。この男は投げ縄を持ってマノスクの通りを歩きまわり、野良犬を捕獲していました。さらに、この男は羊の中庭に面して住んでいました。羊の中庭には、実際には羊はいませんでした。羊を登場させたのは、この中庭の奥に藁が置かれていたからです。藁がそこに置かれていたのは、その藁を浸水し、腐らせ、堆肥にするためだったのです。その中庭は、かなり離れたところにある家畜小屋にいる羊たちのことを想起させました。そこから、羊の鳴き声が聞こえたからです。そこで、その羊たちを中庭に置くことにしたのです。犬を捕まえていた男は、投げ縄を持って通りを歩きまわり犬を捕獲していたので、私には極端にドラマチックな人物でした。というのは、当時、私はミルツァという名前の、ごく小さくてじつに可愛い雌犬を飼っていたのでした。男にさらわれてしまうのではないかと、いつも怖れていました。その男は、私にとっては、ドラマチックな要素を担っていました。それなのに、何故なのか理由は分からないのですが、彼のことは話題にしませんでした。話題にすべきだったと思っています。私はその男を麝香の娘に変貌させたのです。『ジャン・ル・ブルー』を書いたときの私は、もう若くはなく、三十七歳だったのです。私はもう子供の時代の魔法は喪失してしまっていたので、三十七歳当時の私に所有することが可能だった非現実的(ロマネスク)な要素を魔法の代用にしたのです。この非現実的な要素は必然的に官能的なものでした。だから、犬とり男を使う代わりに、麝香の娘を使ったのです。同じく実在しなかった人物が他にも二人います。〈デシデマン〉と〈マダム＝ラ＝レーヌ〉という二人の音楽家です。私の子供時代を魅了した音楽がありました。その音楽はもうマノスクから消え去ってしまいました。あとで私が創作した二人の音楽家たちがその音楽を演奏したというわけでもありません。『蛇座』のなかでパン＝リール「松の枝で作られたリラ」やそれ以外の要素を付け足したのと同じく、これらの音楽家はたんなる劇的な要素を構成しているだけです。[131]

子供のときに、投げ縄で犬を捕獲していた男に自分の可愛い飼い犬が捕まってしまうのではないかとジャンは怖れていた。『ジャン・ル・ブルー』を執筆していたとき三十七歳だったジオノは、官能的な要素を物語に忍び込ませるために「麝香の娘」を作り出した。彼女の仕事は好色な男を捕まえることである。ジオノは「魔法のような内面の生活」を描き出そうと工夫したのであった。

場所についても同じである。例えば、『大地の恐怖』のなかで「私はレイヤンヌまで下りていった」[132]と書かれているのだが、この「私」は一応マノスクに住んでいるはずだが、レイヤンヌはマノスクから北西方向十キロ強のところに位置しているので、散歩のようにぶらりと出かけていける距離ではない。書いているジオノは当然そんなことは承知しているのだが、あまり気にしないで自由にいろんな町や村の名前を利用している。

だから、作品で利用されている場所に行けば、その作品の秘密が分かるというわけではない。しかし、ジオノがさまざまな土地を利用したのは、その土地が醸し出している雰囲気のようなものが物語のある情景に打ってつけだと思ったからだろうと私は考えている。そうした村や町や高原を訪ねて、そのあたりの景色を眺め、大気を呼吸すると、ジオノの作品がかなり身近に感じられるような気がする。現実世界とジオノの物語世界の橋渡しのような役割を果たそうと思って私はこの本を書くことにした。実際にオート＝プロヴァンスまで行けない方々には、ジオノの作品の多数の引用文や、私が撮影した写真に触れていただけたら、それはそれで充分楽しんでいただいたことになるだろうと期待しております。オート＝プロヴァンス各地での私の個人的な体験も記しましたが、参考にしていただけたら幸いです。

なお、第十二章「モンジュスタンとナンス」で掲載したセルジュ・フィオリオによるふたつのジオノの肖像の画像は、友人のアンドレ・ロンバールさんに提供していただいた。ジオノがその画才を高く評価していたフィオリオさんは丘の上の村、モンジュスタンで独自の画風を確立した画家である。フィオリオさんの絵画を見ていると、心の奥底から懐かしくて温かい感情が湧き上がってくる。そのフィオリオさんの画業に魅せられ、彼と親しく交際してきたアンドレは素晴らしいフィオリオ論（『フィオリオに挨拶するために』と『私たちにはフィオリオがいる』）を上梓している文人である。

また、第十三章「コルビエール」で掲載した写真は、『耕地、機械、人間』というコルビエールの農業をテーマにした素晴らしい写真集を出版している写真家、ルイ・プランチエさんに快く提供していただいたものである。私にはとても撮影できないようなコルビエールの美しい風景を本書に収録することができて幸いである。ジャン少年がコルビエールの農地や自然の光景を眺めたのは百年以上前のことだが、写真がとらえているような風景を見ることによってジャン少年は将来の作家の魂を涵養していったのだと私は考えている。

プランチエさんの写真に間近に接し、その写真集を購入するきっかけを与えてくれたマノスクの友人、イヴ・ポエールさんとマルチーヌ・カサノヴァさんにも感謝の意を表しておきたい。彼らはマノスクの広壮な邸宅を私たちに自由に使うよう提供してくれる寛大な友人である。

友人たちとの交際を大切にしていたジオノに関する本書のなかで、こうした友人たちの協力を得て本を豊かにするという方針は、間違いなくジオノの考えの延長線上にあると思う次第である。

最後になるが、明確な予定のないオート＝プロヴァンス滞在に同行し、招待した多彩な友人たちのためにいつも美味しい料理を作り、友好関係の充実と深化のために大きな功績のある家内の直子にはいつものことではあるが心から感謝している。

本書の出版をこころよくお引き受けいただいた彩流社社長の竹内淳夫氏と編集部長の河野和憲氏には心から感謝いたします。「世界の歌」を創造しようとするジオノの意図が読者の方々に伝わることを願っております。河野氏には写真を満載した本書を丁寧にまた手際よく編集していただきました。ありがとうございます。

山本　省

二〇一七年三月三十日　信州松本にて

注

(1)アルフォンス・ドーデ(一八四〇―一八九七)のこと。ニーム生まれのドーデは十八歳でパリに上京した。『風車小屋便り』(一八六九年)や『タラスコンのタルタラン』(一八七二年)をはじめとするタルタラン三部作など、プロヴァンスに関わる作品を発表している。

(2)Jean Giono, *Entretiens avec Jean Carrière*, in *Jean Giono, Qui êtes-vous?* de Jean Carrière, Éditions La Manufacture, 1996, pp.89-90. 訳文は拙訳。

(3)例えば『泉のマノン』。金をめぐっての農民の醜い争いがテーマになっており、この作品を元にした映画は好評を博した。ただしジオノが求めていたのは自然に向き合う人間の姿である。汎神論的な世界観に基づいた物語をジオノは書こうと目指していたのである。

(4)例えば『父の栄光』。この作品は映画化されたが、日本で公開されたさいのタイトルは「マルセルの夏」となっている。フランス人の日常生活が分かる、楽しい作品に仕上がっている。とりわけヴァカンスに対するプロヴァンスの人々の情熱が脈々と伝わってくる。

(5)パニョルが翻案したのは次の四作品である。『ジョフロワ』(ジオノ作『ジョフロワ・ドゥ・ラ・モッサン』(『憐憫の孤独』所収)、『アンジェール』(ジオノ作『ボミューニュの男』)、『二番草』(ジオノ作『二番草』)、『パン屋の女房』(ジオノ作『ジャン・ル・ブルー』のなかの一挿話)。

(6)Jean Giono, *Du côté de Manosque, Entretiens avec Jean Carrière*, 2 CD, Durée 1H 56, INA/RADIO FRANCE, 1994.

(7)Jean Giono, *Provence perdue aujourd'hui...*, Éditions du Rotary Club de Manosque, 2012, p.108.

(8)ジャン・ジオノ『丘』、山本省訳、岩波文庫、二〇一二年、五七頁。

(9)Jean Giono, *Jean le Bleu*, Œuvres romanesques complètes, Tome 2, Pléiade, Gallimard, 1972, pp.26-28. 訳文は拙訳。

(10)Ibidem, p.31.

(11)Ibidem, p.33.

(12)ジャン・ジオノ『伐採人たちの故郷で』、『憐憫の孤独』所収、山本省訳、彩流社、二〇一六年、一六四―一六五頁。

(13)ジャン・ジオノ『パリ解体』、『憐憫の孤独』所収、一七五頁。

(14)Jean Giono, *Recherche de la pureté*, Récits et Essais, Pléiade, Gallimard, 1989, p.647. 訳文は拙訳。

(15)Jean Giono, Œuvres romanesques complètes, Tome 1, Pléiade, Gallimard, 1971, LXV (Chronologie). 訳文は拙訳。アドリエンヌ・モニエあての一九三〇年十月四日付けの手紙。葡萄が二百本もあるというのは何かの間違いのような気がするが、正確な事情はよく分からない。それ以外の樹木は(煩雑になるので訳語では明示しなかったが)すべて一本ずつと記されている。

(16)「ジオノの集い」(Les Rencontres Giono)。例えば二〇一五年の大会の期間は八月六日から十日までで、テーマは「ジオノと感覚の幸福」(Giono au bonheur des sens)というものであった。私は一度だけ(一九九七年に)参加して「日本におけるジオノの受け入れについて」と題して発表したことがあるが、日本のフランス文学会などとは雰囲気がまったく異なっていた。大学の研究者たちの発表に混じって、普通の人にも理解できるような催し物も多数用意されており、和気藹々の雰囲気だった。二〇一五年の大会の案内にはこう記されている。「ジオノが五感を讃えているテクストを中心にして、二〇一五年の大会はそうしたテクストに関係している以下のような芸術的形態を展開するであろう。音楽、映画、写真、絵画、デッサン、活版印刷、香水、彫刻、美食。」(Informations des amis de Jean Giono, 30 mars 2015)美食のところに私は注目した。事実、数種類の会食の案内が届いたのだが、この年の夏はフランスには行かずに松本で過ごしたので、私は残念ながら参加できなかった。

(17)Jean Giono, *Jean le Bleu*, Œuvres romanesques complètes, Tome 2, 1972, pp.1-186.

(18)ジャン・ジオノ『木を植えた男』、山本省訳、彩流社、二〇〇六年、五六頁。

(19)Jean Giono, *Regain*, Œuvres romanesques complètes, Tome 1, Pléiade, Gallimard, 1971, p.323. 訳文は拙訳。

(20)Ibidem, pp.324-325. ここでは「癩病」という差別的な表現が用いられているが、忌まわしい過去を思い起こさせるこの言葉に代わって「ハンセン病」という名称が用いられるようになったのはおよそ一九五〇年以降のことなので、この作品の時代と場所を考えた上で、いささかのためらいは禁じえないが、この訳語を用いることにした。ご理解をお願いいたします。

(21)Ibidem, pp.403-404.

(22)Ibidem, p.404.

(23)Ibidem, p.411.

(24)Jean Giono, *Entretiens avec Jean Carrière*, p.96.

(25)Ibidem, pp.96-98.

(26)Ibidem, p.98.

(27)Pierre-Émile Blairon, *Jean-Henri Fabre, le savant oublié*, in *Grande Provence*, No 7, Hiver-Printemps, 2014, pp.20-36.

(28)ジャン・ジオノ『喜びは永遠に残る』、山本省訳、河出書房新社、二〇〇一年、一六頁。シストロンを北上し、セールやサン＝ジュリアン＝アン＝ボーシェーヌを越えるとコル・ドゥ・ラ・クロワ＝オートにいたるが、このコル・ドゥ・ラ・クロワ＝オートの二キロばかり手前を西に入り急な坂道を登っていくと、コル・ドゥ・グリモーヌ（グリモーヌ峠、Col de Grimone）にたどり着く。そこから数キロ西に下っていったところにはグリモーヌという寒村がある。グリモーヌとグレモーヌ（Grémone）は音がきわめてよく似ている。グレモーヌという高原の名前をジオノが考えつくのに何らかのヒントになったかもしれないので、紹介しておく。

(29)ジャン・ジオノ『喜びは永遠に残る』、一八―一九頁。

(30)Jean Giono, *Entretiens avec Jean Amrouche et Taos Amrouche*, Gallimard, 1990, pp.224-225. 訳文は拙訳。

(31)Ibidem, pp.206-207.

(32)Jean Carrière, *Jean Giono, Qui êtes-vous?*, p.88. 訳文は拙訳。

(33)Pierre Citron, *Giono*, Seuil, 1990, pp.243-244. 訳文は拙訳。

(34)ジャン・ジオノ『木を植えた男』、山本省訳、彩流社、二〇〇六年、一〇―一一頁。

(35)同書、一一、一四頁。

(36)同書、五〇―五一頁。

(37)Jean Giono, Œuvres romanesques complètes, Tome 1, LX (Chronologie).

(38)Jean Giono, *Regain*, p.326.

(39)Ibidem, pp.328-329.

(40)Ibidem, p.403.

(41)Ibidem, pp.334-335.

(42)Ibidem, pp.399-400.

(43)Ibidem, pp.396-398.

(44)Ibidem, p.363.

(45)Ibidem, pp.428-429.

(46)ラヴァンドとラヴァンダンについての記述に関しては、美しい写真が満載されている次の本を参照した。Gilbert Fabiani et Alain Christof, *Mémoires de la Lavande*, Équinoxe, 2002.

(47)Jean Giono, *Le Grand Troupeau*, Œuvres romanesques complètes, Tome 1, Pl'eiade, Gallimard, 1971, pp.545-548. 訳文は拙訳。

(48)Jean Giono, *Entretiens avec Jean Amrouche et Taos Amrouche*, p.64.

(49)Jean Giono, *Faust au village*, Œuvres romanesques complètes, Tome 5, Pléiade, 1980, pp.192-193. 訳文は拙訳。

(50)*Atlas Routier France 2010*, Michelin.

(51)*Index Atlas de France*, Oberthur,1978.

(52)Jean Giono, *Jean le Bleu*, pp.79-80.

(53)それぞれの村の住人の数は以下の地図に基づいているが、概数である。二十年以上前に発行された地図なので、若干の変更はありうることをご承知おき願いたい。*52 Grenoble Valence*, Institut Géographique National, 1993.

(54)Jean Giono, *Les vraies richesses*, Récits et esais, Pléiade, Gallimard, 1989, pp.206-209. 訳文は拙訳。

(55)Ibidem, pp.225-226.

(56)Jean Giono, *Entretiens avec Jean Carrière*, pp.136-137.

(57)ジャン・ジオノ『気晴らしのない王様』、酒井由紀代訳、河出書房新社、一九九五年、三四―三五頁。

(58)同書、六八頁。

(59)同書、八〇頁。

(60)Jean Giono, *Un de Baumugnes*, Œuvres romanesques complètes, Tome 1, Pléiade, Gallimard, pp.229-230.

(61)Ibidem, p.225.

(62)Ibidem, pp.285-286.

(63)Ibidem, p.317.

(64)ジャン・ジオノ『牧神の前奏曲』、『憐憫の孤独』所収、五〇―五一頁。

(65)ジャン・ジオノ『磁気』、『憐憫の孤独』所収、一八一―一八二頁。

(66)同書、一八三―一八四頁。

(67)Jean Giono, *Regain*, p.323.

(68)Ibidem, pp.323-324.

(69) Ibidem, p.324.
(70) Ibidem, pp.324-325.
(71) ジャン・ジオノ『大地の恐怖』、『憐憫の孤独』所収、一八八頁。
(72) 同書、一八九頁。
(73) 同書、一八七頁。
(74) André Lombard, *Pour saluer Fiorio*, La Carde éditeur, 2011. André Lombard, *Habemus Fiorio!*, La Carde éditeur, 2016.
(75) Bernard Baissat, *Giono, pacifiste*, une émission de radio, présentée par Bernard Baissat avec des interventions de Pierre Berger et Sylvie Giono, 2013.
(76) Jean Giono et Alain Allioux, *Hortense ou l'eau vive*, Éditions France-Empire, 1995. なお、この映画が日本で公開されたときのタイトルは『河は呼んでいる』だった。ジオノ自身がナレーションを受け持っている。
(77) ジャン・ジオノ『世界の歌』、『憐憫の孤独』所収、一九九―二〇〇頁。
(78) ジャン・ジオノ『世界の歌』、山本省訳、河出書房新社、二〇〇五年、四頁。
(79) 同書、二八―二九頁。
(80) 同書、二四六―二四八頁。
(81) 同書、三〇六―三〇八頁。
(82)『服従の拒絶』(*Refus d'obéissance*)や『純粋の探究』(*Recherche de la pureté*)など。
(83) Jean Giono, *Recherche de la pureté*, pp.650-651.
(84) Ibidem, pp.653-654.
(85) Jean Giono, *Entretiens avec Jean Amrouche et Taos Amrouche*, pp.241-243.
(86) Ibidem, pp.266-267.
(87) Voir Jean Giono, *Entretiens avec Jean Carrière*, p.120.
(88) Ibidem, pp.120-121.
(89) Jean Giono, *Entretiens avec Jean Amrouche et Taos Amrouche*, p.259.
(90) Jean Giono, *Pour saluer Melville*, Œuvres romanesques complètes, Tome 3, Pléiade, Gallimard, 1974, pp.51-53. 訳文は拙訳。
(91) 例えばアントニオは次のようなことを考えながら歩いていた。

「彼女は俺の身体に触れることができる」アントニオはこう考えた。「下から上まで触って俺を確認することができる。手だけではなくて皮膚全体で河に触れることができる。河のなかに入っていくだろう。自分の前の河を両腕を使ってかき分けるだろう。両足で河を叩くだろう。河が両腕の下や腹の上に滑りこんできて、窪んだ背中にのしかかってくるのを感じるだろう。彼女は木の葉や枝に触れることもできる。俺が魚を捕まえてくれば、彼女はその魚に手で触ることができる。網のなかの魚たちを草の上にぶちまけたら、その魚のすべてに触れられるだろう。魚が彼女のそばの水のなかに入り、彼女の皮膚に当たって鰓《えら》をぱくぱくさせれば、その生き生きした魚に触れるだろう。カケスの島に居ついている山猫が魚の臓物を食べたあとなら平気で触れるだろう。俺が狐を殺せば、彼女はそれに触ることができるだろう。水の匂いを、森の匂いを、マトゥロが基地の周りで木々を切り倒せば、その樹液の匂いを彼女は嗅ぐだろう。木々が裂けて倒れる音を、斧の音を、そして木が右に倒れると知らせるために叫ぶマトゥロの声を、彼女は聞くだろう。そのあとすぐに、緑色の葉の匂いと樹液の匂いが、ついで木々が地面に倒されるにつれて日一日と軽やかになるあの匂いが、感じられるだろう。それは木々の皮を剥ぐ前で、その匂いが花の開いた苔のアニスのようなかすかな匂いに似てくるまでのことだ。しかし、これ以外のことはどうすればいいのだろうか？」（ジャン・ジオノ『世界の歌』、九〇―九一頁）

（92）Jean Giono, *Pour saluer Heluille*, pp.53-54.
（93）Ibidem, p.71.
（94）Jean Giono, *Entretiens avec Jean Amrouche et Taos Amrouche*, pp.285-286.
（95）Ibidem, pp.252-253.
（96）Ibidem, pp.256-257.
（97）ジャン・ジオノ『ジョフロワ・ドゥ・ラ・モッサン』、『憐憫の孤独』所収、一二五―一二六頁。
（98）Jean Giono, *J'ai ce que j'ai donné*, Folio 4992, Gallimard, 2008, pp.26-27.
（99）Jean Giono, *Entretiens avec Jean Amrouche et Taos Amrouche*, pp.172-173.
（100）Château d'Aulan. モンブラン＝レ＝バン（Montbrun-les-Bains）の向こうの谷間にあるシャトーである。ジオノが訪問していた頃もかなり荒れ果てていたようだが、現在でも完全に修復されているわけではない。事前に電話すれば、内部は案内付きで詳しく見てまわることが可能である。なお、オランの村は家がせいぜい七、八軒しかない寒村だということを付け加えておこう。
（101）Jean Giono, *Jeux ou la Naumachie*, in *L'Eau vive*, Œuvres romanesques complètes, Tome 3, Pléiade, Gallimard, 1971, pp.120-122.

(102)Aline Giono, *Mon père, contes des jours ordinaires*, Folio junior 398, Gallimard, 1987, p.33. 訳文は拙訳。
(103)Ibidem, p.34.
(104)Idem.
(105)Sylvie Giono, *Jean Giono à Manosque*, Belin, 2012, p.30. 訳文は拙訳。
(106)Lucien Jacques, *Aquarelles*, L'Édition à façon, 2011, p.23.
(107)*Serge Fiorio,* Le poivre d'âne, 1992, p.28.
(108)Ibidem, p.28. この引用文は、セルジュ・フィオリオの伝記部分を執筆しているアンドレ・ロンバールさんの文章である。
(109)Ibidem, p.48.
(110)Ibidem, p.119.
(111)Pierre Citron, *Giono*, Seuil, 1990.
(112)Pierre Citron, *Giono*, Écrivains de toujours, Seuil,1995.
(113)Pierre Citron, *Giono*, p.284. 訳文は拙訳。
(114)André Lombard, *Habemus Fiorio!*, La Carde éditeur, 2015, p.145. 訳文は拙訳。
(115)Gérard Amaudic, *Giono illustré par Bernard Buffet,* in *Revue Giono* No 8, 2014-2015, Association des Amis de Jean Giono, 2014, p.221.
(116)Jean Giono, *Recherche de la pureté*, p.654.
(117)Jean Giono, *Bernard Buffet*, Fernand Hazan, 1956.(このテクストには頁数がつけられていないので、引用頁を示すことができない)
(118)Idem.
(119)Herman Melville, *Moby Dick*, Traduction de Lucien Jacques, Joan Smith et Jean Giono, Folio classique 2852, Gallimard, 1941.
(120)Lucien Jacques, *Carnets de Moleskine, Préface de Jean Giono*, Gallimard, 1939. 正確には『モレスキーヌの手帖』だが、意を汲んで『戦時の手帖』と訳した。
(121)Edition illustrée de la *Recherche de la pureté*, Creuzevault, 1953. 序文はピエール・ベルジェが執筆し、百六十部すべてにジオノとビュフェの署名が施されている。なお、私はこの著作を所有していないので、この間の事情は以下のテクストから教えられた。 Gérard Amaudic, *Giono illustré par Bernard Buffet*, in *Revue Giono* No 8, 2014-2015, pp.204-225.
(122)Jean Giono, *Écrits pacifistes*, Idées 387, Gallimard, 1978. この作品集は最近別のシリーズの一冊として刊行されている。 Jean

Giono, *Écrits pacifistes*, Folio 5674, Gallimard, 2015.

(123)二二八頁八行目からここ(二三三頁一行目)までは次の刊行物から転載した。山本省「ジオノとビュフェの友情」(「ベルナール・ビュフェ美術館　館報一号」、二〇一六年、一一一一一二頁)

(124)Jean Giono, *Jean le Bleu*, pp.70-71.

(125)Ibidem, pp.71-72.

(126)Ibidem, pp.98-100.

(127)Ibidem, p.170.

(128)Jean Giono, *Entretiens avec Jean Amrouche et Taos Amrouche*, pp.126-127.

(129)Ibidem, p.127.

(130)Jean Giono, *Jean le Bleu*, pp.185-186.

(131)Jean Giono, *Entretiens avec Jean Amrouche et Taos Amrouche*, pp.81-82.

(132)ジャン・ジオノ『大地の恐怖』、『憐憫の孤独』所収、一八八頁。

参考文献（本書で言及している文献に限定した）

（1）ジオノの著作

ジャン・ジオノ『気晴らしのない王様』、酒井由紀代訳、河出書房新社、一九九五年。
ジャン・ジオノ『喜びは永遠に残る』、山本省訳、河出書房新社、二〇〇一年。
ジャン・ジオノ『世界の歌』、山本省訳、河出書房新社、二〇〇五年。
ジャン・ジオノ『木を植えた男』、山本省訳、彩流社、二〇〇六年。
ジャン・ジオノ『丘』、山本省訳、岩波文庫、二〇一二年。
ジャン・ジオノ『憐憫の孤独』、山本省訳、彩流社、二〇一六年。

Herman Melville, *Moby Dick*, Traduction de Lucien Jacques, Joan Smith et Jean Giono, Folio Classique 2852, Gallimard, 1941.
Édition illustrée de la *Recherche de la pureté*, Creuzevault, 1953. 序文はピエール・ベルジェが執筆し、百六十部すべてにジオノとビュフェの署名が施されている。
Jean Giono, *Bernard Buffet*, Fernand Hazan, 1956.
Jean Giono, *Un de Baumugnes*, Œuvres romanesques complètes, Tome 1, Pléiade, Gallimard, 1971.
Jean Giono, *Regain*, Œuvres romanesques complètes, Tome 1, Pléiade, Gallimard, 1971.
Jean Giono, *Le Grand Troupeau*, Œuvres romanesques complètes, Tome 1, Pléiade, Gallimard, 1971
Jean Giono, *Jean le Bleu*, Œuvres romanesques complètes, Tome 2, Pléiade, Gallimard, 1972.
Jean Giono, *Pour saluer Melville*, Œuvres romanesques complètes, Tome 3, Pléiade, Gallimard, 1974.
Jean Giono, *Jeux ou la Naumachie*, in *L'Eau vive*, Œuvres romanesques complètes, Tome 3, Pléiade, Gallimard, 1974.
Jean Giono, *Écrits pacifistes*, Idées 387, Gallimard, 1978; Folio 5674, Gallimard, 2015.
Jean Giono, *Faust au village*, Œuvres romanesques complètes, Tome 5, Pléiade, Gallimard, 1980.

Jean Giono, *Recherche de la pureté*, Récits et essais, Pléiade, Gallimard, 1989.
Jean Giono, *Les vraies richesses*, Récits et esais, Pléiade, Gallimard, 1989.
Jean Giono et Alain Allioux, *Hortense ou l'eau vive*, Éditions France-Empire, 1995. 日本ではこの映画は『河は呼んでいる』というタイトルで公開された。
Jean Giono, *J'ai ce que j'ai donné*, Folio 4992, Gallimard, 2008.
Jean Giono, *Provence perdue aujourd'hui ...*, Éditions du Rotary Club de Manosque, 2012.

（2）ジオノの対談集

Jean Giono, *Entretiens avec Jean Amrouche et Taos Amrouche*, Gallimard, 1990.
Jean Giono, *Entretiens avec Jean Carrière,* in *Jean Giono, Qui êtes-vous?* de Jean Carrière, Éditions La Manufacture, 1996.

（3）関連文献

Lucien Jacques, *Carnets de Moleskine, Préface de Jean Giono*, Gallimard, 1939.
Marcel Pagnol, *La femme du boulanger et Regain*, Œuvres complètes, TomeVI, Éditions de Provence, 1973.
Marcel Pagnol, *Angèle*, Presses Pocket, 1976.
Marcel Pagnol, *Jofroi*, Éditions de Fallois, 1990.
Aline Giono, *Mon père, contes des jours ordinaires*, Folio junior 398, Gallimard, 1987.
Jean Carrière, *Jean Giono, Qui êtes-vous?*, Éditions La Manufacture, 1996.
Pierre Citron, *Giono*, Seuil, 1990.
Serge Fiorio, Le poivre d'âne, 1992.
Jean Giono, *Du côté de Manosque, Entretiens avec Jean Carrière*, 2 CD, Durée 1 H 56, INA / RADIO FRANCE, 1994.
Pierre Citron, *Giono*, Écrivains de toujours, Seuil,1995.
Gilbert Fabiani et Alain Christof, *Mémoires de la Lavande*, Équinoxe, 2002.
André Lombard, *Pour saluer Fiorio*, La Carde éditeur, 2011.
Lucien Jacques, *Aquarelles*, L'Édition à façon, 2011.

Sylvie Giono, *Jean Giono à Manosque*, Belin, 2012.

Bernard Baissat, *Giono, pacifiste*, une émission de radio, présentée par Bernard Baissat avec des interventions de Pierre Berger et Sylvie Giono, 2013.

Louis Plantier, *Un terroir, des machines et des hommes, Postface de André de Réparaz*, C'EST-À-DIRE ÉDITIONS, 2013.

Gérard Amaudic, *Giono illustré par Bernard Buffet*, in *Revue Giono* No 8, 2014-2015, Association des Amis de Jean Giono, 2014.

Pierre-Émile Blairon, *Jean-Henri Fabre, le savant oublié*, in *Grande Provence*, No 7, Hiver-Printemps, 2014.

André Lombard, *Habemus Fiorio!*, La Carde éditeur, 2016.

【著者】

山本省

…やまもと・さとる…

1946年兵庫県生まれ。信州大学名誉教授。京都大学大学院文学研究科博士課程中退。主な著書には『南仏オート＝プロヴァンスの光と風』『ジャン・ジオノ紀行』『天性の小説家ジャン・ジオノ－「木を植えた男」を書いた男』（彩流社）、『日本のオート＝プロヴァンス信州松本の四季折々』『南仏プロヴァンスと信州の文学と自然』（ほおずき書籍）等が、主なジオノ作品の翻訳には『喜びは永遠に残る』『世界の歌』（河出書房新社）、『木を植えた男』『憐憫の孤独』（彩流社）、『丘』（岩波文庫）等がある。

Sairyusha

ジオノ作品《さくひん》の舞台《ぶたい》を訪《たず》ねて

二〇一七年五月十二日　初版第一刷

著者――山本省

発行者――竹内淳夫

発行所――株式会社 彩流社

〒102-0071

東京都千代田区富士見2-2-2

電話：03-3234-5931

ファックス：03-3234-5932

E-mail：sairyusha@sairyusha.co.jp

印刷――明和印刷（株）

製本――（株）村上製本所

装丁――中山銀士＋金子暁仁

ISBN978-4-7791-2323-8 C0098

http://www.sairyusha.co.jp

フィギュール彩

〔既刊〕

㉑紀行　失われたものの伝説

立野正裕◉著

定価（本体1900円＋税）

荒涼とした流刑地や戦跡。いまや聖地と化した「つはものどもが夢の跡」。聖地とは現代において人々のこころのなかで特別な意味を与えられた場所。二十世紀の「記憶」への旅。

㉟紀行　星の時間を旅して

立野正裕◉著

定価（本体1800円＋税）

もし来週のうちに世界が滅びてしまうと知ったら、わたしはどうするだろう。その問いに今日、依然としてわたしは答えられない。それゆえ、いまなおわたしは旅を続けている。

㊲黒いチェコ

増田幸弘◉著

定価（本体1800円＋税）

これは遠い他所の国の話ではない。かわいいチェコ？ロマンティックなプラハ？いえいえ美しい街にはおぞましい毒がある。中欧の都に人間というこの狂った者の千年を見る。